KB164240

제가 결혼을
안 하겠다는 게 아니라

글·그림
이주윤

일러두기

사투리, 입말을 살려 맞춤법 표기를 따르지 않은 표현이 자주 등장합니다.

제가 결혼을 안 하겠다는 게 아니라

초판 1쇄 발행 2019년 6월 19일

지은이 이주윤

펴낸이 조기흠

편집이사 이홍 / **책임편집** 송지영 / **기획편집** 최진, 박종훈, 박혜원

마케팅 정재훈, 박태규, 김선영, 홍태형, 이건호 / **디자인** 진다솜 / **제작** 박성우, 김정우

펴낸곳 한빛비즈(주) / **주소** 서울시 서대문구 연희로2길 62 4층

전화 02-325-5506 / **팩스** 02-326-1566

등록 2008년 1월 14일 제 25100-2017-000062호

ISBN 979-11-5784-338-1 03800

이 책에 대한 의견이나 오탈자 및 잘못된 내용에 대한 수정 정보는 한빛비즈의 홈페이지나
이메일(hanbitbiz@hanbit.co.kr)로 알려주십시오. 잘못된 책은 구입하신 서점에서 교환해드립니다.
책값은 뒤표지에 표시되어 있습니다.

홈페이지 www.hanbitbiz.com / **페이스북** hanbitbiz.n.book / **블로그** blog.hanbitbiz.com

Published by Hanbit Biz, Inc. Printed in Korea
Copyright ⓒ 2019 이주윤 & Hanbit Biz, Inc.
이 책의 저작권은 이주윤과 한빛비즈(주)에 있습니다.
저작권법에 의해 보호를 받는 저작물이므로 무단 복제 및 무단 전재를 금합니다.

지금 하지 않으면 할 수 없는 일이 있습니다.
책으로 펴내고 싶은 아이디어나 원고를 메일(hanbitbiz@hanbit.co.kr)로 보내주세요.
한빛비즈는 여러분의 소중한 경험과 지식을 기다리고 있습니다.

제가 결혼을 안 하겠다는 게 아니라

글·그림 이주윤

차례

2부　전기장판 위의 사색

3부   엄마는 내가 왜 좋아?

프롤로그

여자의 어머니는 여자에게 날마다 전화를 한다. 그녀의 어머니가 그녀에게 묻는 것은 항상 같다.

"어디야? 뭐해? 밥은? 뭐 먹었는데? 얼마 주고 사 먹었는데? 그건 왜 그렇게 비싼데? 집에서 밥 좀 해 먹으라니까 왜 안 해 먹는데? 귀찮기는 뭐가 귀찮은데? 집에는 언제 들어가는데? 왜 늦게 들어가는데? 할 일이 뭐가 그렇게 많은데? 그 일을 왜 여태까지 못 끝냈는데? 내일은 뭐 하는데?"

여자의 하루는 늘 같기에 어머니가 묻는 말에 매번 같은 대답을 할 수밖에 없었다. 그녀는 어머니의 질문에 대답하는 일이 너무나 지긋지긋했다. 같은 말을 앵무새처럼 반복해야 하는 것보다, 별것 없는 일상이기는 하지만 그 모든 것을 어머니에게 낱낱이 보고해야 한다는 사실이 그녀를 숨 막히게 했다.

어쩌다가 친구를 만나는 날이면 어머니는 꼭 이렇게 물었다.

"친구 누구?"

여자에게 친구라고는 진아, 지영, 정아뿐이었으므로 구구절절 설명을 늘어놓을 것 없이 이름만 대면 대답은 간단하게 끝났다. 그러나 어쩌다가 이 셋이 아닌 다른 사람을 만나는 날에는 질문이 계속해서 이어졌다.

"걔가 누군데? 처음 듣는 이름인데? 어디서 어떻게 알게 된 친군데? 남자는 아니고? 남자인 것 같은데?"

그녀는 더러 남자를 만나면서도 여자를 만난다고 거짓말을 했다. 남자를 만난다고 했다가는 밤새도록 질문이 끊이지 않을 것이기 때문이었다.

"몇 살이나 먹었는데? 어디서 만났는데? 뭐 하는

사람인데? 집은 어딘데? 돈은 얼마나 버는데? 누
가 먼저 사귀자고 했는데? 키는 커? 부모님은 뭐하
시는데? 왜 이렇게 늦게까지 같이 있는데? 지금 어
디서 뭐 하는 중인데? 응? 왜 대답을 얼버무리는 건
데?"

어머니의 질문에 유독 지친 어느 날, 여자는 어머니에
게 물었다.

"왜 자꾸 물어봐?"

그러자 어머니는 대답했다.

"궁금하니까."

제 뱃속에 열 달 동안 품었던 딸이 세상에 나와 무얼
하며 사는지 궁금한 건 어찌 보면 당연한 일이었다. 그러나
제 어미의 뱃속에서 지냈던 그 열 달이 전연 기억나지 않는
여자는 어머니가 무얼 하고 있는지 알고 싶은 마음이 들지

않았다. 여자는 자신을 향한 어머니의 외사랑이 애달프게만 느껴졌다.

"엄니, 지발 나헌테 집착 마시고 엄니 삶을 사셔."

서울말로 하면 날카로울 것이 분명했기에, 여자는 일부러 둥글둥글한 고향 사투리를 써가며 어머니에게 말했다. 여자의 사투리가 마냥 귀엽기만 했던 그녀의 어머니는 숨이 넘어가도록 한참을 웃었다.

"아유, 나는 니가 좋은 걸 어떡해애애애!"

여자는 생각했다. 나는 무슨 일이 있어도 자식을 낳지 않겠다. 그리하여 내 어머니처럼 자식을 궁금해하지도 좋아하지도 않겠다. 어머니의 깊은 사랑을 부담스러워하는 자신의 그릇됨에 죄책감을 느끼게 하는 일, 애초에 만들지 않겠다. 엄마가 너를 어떻게 키웠는데 엄마한테 그런 말을 할 수가 있어, 세상에 엄마보다 너를 더 걱정하는 사람이 어딨어, 너도 힘들겠지만 엄마는 너보다 더 힘들어, 그러니

까 네가 엄마한테 잘해야지, 하는 서글프면서도 미치게 짜증 나는 그 말, 아무리 하고 싶어도 할 수 없도록 자식 따위 절대로 낳지 않겠다고 다짐 또 다짐하는 그녀였다.

1부

노처녀라는
재미없는 농담

쭈구렁방탱이

　　노처녀의 기준이 몇 살부터인지는 잘 모르겠지만 우리 아빠의 기준에 따르면 나는 노처녀 중의 노처녀다. 어렸을 직부터 귀에 못이 박이도록 들어왔다. 여자는 서른 넘으면 '쭈그렁방탱이'라고, 선도 재취 자리밖에 안 들어온다고, 그러니 똥값 되기 전에 웬만한 놈 만나 얼른 시집이나 가라고 말이다. 아빠의 협박을 이기지 못한 나의 언니들은 서른이 채 되기도 전에 줄줄이 시집을 갔고, 이제는 막내인 나 하나만 남았다. 아빠는 내가 괜한 고집을 부리며 결혼을 하지 않는 거라 생각하고 있지만 사실은 그렇지 않다. 나라고 왜 남들처럼 살고 싶지 않겠는가. 다만 내가 결혼하고 싶어했던 몇몇 남자들이 나와 결혼하려 하지 않았을 뿐이다. 셋째 딸은 얼굴도 안 보고 데려간다더니 다 뻥이었어!

아빠는 이런 내 속사정도 모르면서 하소연을 늘어놓기에 바쁘다.

"아부지 나이가 내일모레면 일흔이여. 이제는 예전처럼 뭐를 하고 싶은 마음이 들지도 않아. 세상만사 다 귀찮은 거를 네가 알 턱이 없지. 머리털 허옇게 센 거 봐라. 이러다가 끽하면 죽는 거여. 그러니까 아부지가 쪼끔이라도 기운 남았을 때 네가 시집을 가야지 않겠냐."

아빠의 표정이 더없이 쓸쓸하기만 하다. 그러면 나는 못 이기는 척 말이라도 알았어, 하면 될 것을 "아빠가 일흔인 것보다 큰언니가 마흔인 게 더 놀랍다, 뭐." 하는 고약한 대꾸로 아빠의 화를 돋우고야 만다. 그 뒤로 따라오는 말들은 일일이 나열하지 않아도 모두가 알 것이다. "너도 결혼해서 꼭 너 같은 자식 낳아봐라"로 시작해서 "네가 부모 마음을 알기나 알어!"로 끝나는 유치하지만 서글픈 잔소리.

이렇게 한바탕 치고받은 날이면 생각에 생각이 끊이질 않는다. 아빠는 유통기한 삼십 년짜리 딸을 왜 낳았을까. 귀한 딸내미한테 쭈그렁이니 똥값이니 하는 험한 말을 하고 싶을까. 누군지도 모르는 남자에게 나를 보내버리려고 그렇게 애써 키웠을까. 서른이 넘었다는 이유만으로 평생 함께해야 할 사람을 갑자기 데려오라는 게 말이나 되는 일일까. 결혼은 곧 행복이라는 이상한 공식은 누가 만들어 냈을까. 서둘러 결혼했다가 이혼이라도 하게 된다면 그때는 누구 탓을 하려고 이러는 것일까. 나는 당신의 인생 과업을 이루기 위한 희생양일 뿐일까. 아빠가 밉다. 아빠의 마음은 그게 아닐 것을 알면서도 마냥 밉다. 아줌마 같은 얼굴을 하고서 사춘기 소녀처럼 구는 내가 더 밉다. 싫다.

　각자의 이유로 심통이 난 부녀는 종일 눈도 마주치지 않는다.

　"그만하고 밥들 먹어."

　엄마의 호출에 그제야 식탁에 모여 앉았지만 한마디

말이 없다. 우적우적 밥을 씹어 삼키다가 반찬 위를 분주하게 오가는 아빠의 손에 시선이 머문다. 그 퉁퉁했던 손등이 몰라보게 얄팍해져 젓가락질할 때마다 움찔거리는 핏줄이 그대로 드러나 보인다. 드문드문 검버섯까지 피어올랐다. 그런 아빠에게 괜스레 미안한 마음이 들던 그때, "이년아, 그래서 너는 시집을 가겠다는 거여 말겠다는 거여!" 서릿발 같은 잔소리가 또다시 시작된다. 늙어서 기운 없다는 양반이 어쩌면 저렇게도 목소리가 우렁찬지 나로서는 도저히 알 수가 없다. 어쨌거나 아빠의 논리대로라면 아빠는 노인네고 나는 노처녀. 우리 함께 '쭈그렁방탱이'가 되어가는 마당에 그민 좀 닦달하고 서로 의지해가며 살아가면 안 될까? 으응, 아부지?

개고기

　내 나이 열아홉에 개고기를 좋아했다. 친구들과 분식집에 모여 앉아 떡볶이 한 접시를 나누어 먹어야 할 것만 같은 소녀가 즐기기에는 다소 거친 음식이 아닌가! 흠칫할 분들을 위해 재빨리 설명을 덧붙이자면, 여기서의 개고기는 멍멍 개고기가 아닌 사람 개고기를 뜻한다. 개고기면 개고기지 사람 개고기라니 이건 또 무슨 해괴망측한 소리인가! 뜨악할 분들을 위해 조금 더 자세한 설명을 곁들이자면, 개고기라는 별명을 가진 보신탕집 아들을 좋아했다는 말이다.

　모두가 그 애의 이름 대신 별명을 불렀다. 만일 내가 개고기였다면 소고깃집을 하지 않는 부모를 원망하거나,

"개고기라고 부르지 말라고, 이 개새끼들아!" 하고 친구들에게 성질부리거나, 스스로의 정체성을 찾기 위해 숱한 날을 방황했을 것이다. 그러나 개고기는 자신에게 주어진 운명을 겸허히 받아들일 줄 아는 성숙한 소년이었다.

소녀가 어른으로 자라나는 동안 많은 남자를 만났고 또 헤어졌다. 하지만 개고기만큼 마음 건강한 사람은 그 어디에도 없었다. 좋아한다고 말이라도 해볼걸. 수줍음 많았던 어린 내가 미웠다. 개고기가 못 견디게 그리운 건 아니었지만 매년 돌아오는 삼복더위마다 그 애가 떠오른 것은 부인할 수 없는 사실이었다. 어머 그런데 이게 웬일이야. 개고기에게서 불쑥 연락이 왔다. 놀랍고 반갑고 괜스레 민망한 마음에 한참을 'ㅋㅋㅋ' 웃기만 하다가 안부를 물었다. 그는 취업 준비를 하며 부모님 댁에서 '개탕'을 만들고 있다고, 별명 따라 개고기 팔 줄은 자기도 몰랐다고, 빨리 취직이 돼야 할 텐데 큰일이라고 주저리주저리 말을 늘어놓았다. 나는 그런 개고기의 모습에 적잖이 실망했다. 변변한 직업이 없어서가 아니었다. 늘 당당했던 소년의 모습을 그에게서 더는 찾아볼 수 없었기 때문이었다.

하지만 누구나 인생의 굴곡을 겪는 법. 나는 그가 깊은 어둠을 지나는 중이라 여기며 응원의 말을 아끼지 않았다. 취업에 목매지 말고 가업을 이어받는 것도 나쁘지 않을 것 같다며 농담 섞인 진담을 건네기도 했다. 훗날 시어머니가 끓여주신 개장국을 어떤 말로 사양해야 할지 고민스럽기도 했지만 '까짓것 눈 딱 감고 한 그릇 해치우면 그만이지 뭐.' 개장국 줄 사람은 생각도 않는데 들깻가루부터 풀며 그와의 미래를 그려보기도 했다. 그러나 어느 늦은 밤, 술에 취한 개고기의 전화를 받은 나는 그 꿈을 깨끗이 접기로 마음먹었다. 개고기가 이토록 술주정이 심한 사람인 줄 전에는 몰랐었다. 열아홉 개고기는 술을 마시지도, 그리하여 주정을 부리지도 않았었거든.

내가 지금보다 조금 더 어렸다면 취했다는 말에 적당히 마시라며 걱정 섞인 잔소리를 했을 텐데. 보고 싶으니 나와달라는 말에 헐레벌떡 택시를 잡아탔을 텐데. 오늘 밤 너희 집에서 재워달라는 말에 한참을 머뭇거리다가 못 이기는 척 그러마 했을 텐데. 하지만 서른셋의 나는 안다. 남자가 술에 취해 하는 말은 순정이 아닌 주정에 불과하다는

사실을 말이다. 술에서 깨고 나면 기억조차 못 할 말들에 혼자서 가슴 설레는 바보짓은 이제 그만할 때도 되었다. 나는 끝을 모르고 집적거리는 개고기에게 이렇게 말했다.

"술 마시더니 개소리를 많이 하는구나, 너."

속에 든 말을 뱉어놓고 나니 내가 너무 심했나. 아차 싶었지만 어차피 이 말도 기억 못 할 테니 아무렴 어떠랴.

유부녀와 유부남

서른 즈음 되면 대강 해볼 건 다 해봐서 안 해본 결혼을 하는 건가? 일이 년쯤 살다 보면 결혼도 별거 없구나, 하고 느껴서 애를 낳는 건가? 애를 키우면 매일매일이 처음이니 정신 없이들 살아가는 건가? 그러다가 애 좀 크면 한숨 돌리고, 아, 다시 일상이구니, 지루하다, 바람이나 피워 볼까, 해서 바깥으로 나도는 건가? 바람도 피우다 보면, 너는 다를 줄 알았는데 이건 정말 지나가는 바람일 뿐이구나, 하고 다시 집으로 돌아가는 건가? 즐거운 곳에서는 날 오라 하여도 내 쉴 곳은 작은 집 내 집뿐이리, 하면서?

연애라는 노동

하루의 대부분을 산송장처럼 누워 지낸다. 늦잠 자고 일어나 낮잠 자고, 낮잠 자고 일어나 늦잠 자다 보면 나도 모르는 사이에 시간이 훌쩍 흘러가 버린다. 반복되는 늦잠과 낮잠 사이에 이렇게 글도 쓰고 그림도 그리는데 그마저도 누워서 가능한 일이니 딱히 침대를 벗어날 이유가 없다. 먹고 싸는 일만 어떻게 좀 해결된다면 평생을 누워서 살 수도 있을 것만 같다. 한창때에 왜 그러고 사느냐 물으신다면, 모르겠다. 세상만사 모두 귀찮다. 젊은 놈이 별소리 다 한다며 혀를 끌끌 차신다면, 외람된 말씀입니다만 젊은 놈도 사람이니 귀찮음을 느낄 수도 있는 것 아니겠습니까! 농담처럼 말했지만 진담이다. 나는 사는 일이 진심으로 귀찮다. 하루도 빠짐없이 매일 매일 그렇다.

이런 나를 삼십 년도 넘게 봐왔으면 이제 적응할 때도 됐건만, 엄마는 여전히 내가 꼴도 보기 싫은 모양이다.

"남들처럼 밖에 나가서 여기저기 쑤시고 다녀야 남자를 만나든 말든 하지. 집에만 처박혀 있으면 이 세상에 너라는 애가 존재하는 줄 누가 알아줘. 뭐? 힘들어? 개똥 같은 소리 하고 자빠졌네. 너 이렇게 살다가 시집 못 가고 '버커리' 돼서 늙어 죽으면 어 찌려고 그래. 뭐라고? 그까짓 시집 안 가도 잘 먹고 잘산다고? 아으, 내가 진짜 너 때문에 속이 터져서 살 수가 없어. 도대체가 누구를 닮아서 이 모양 이 꼴이야 너느으으으으은!"

아빠 역시 내가 '버커리'가 될까 봐 걱정이 이만저만 아니다. 버커리. 예전부터 늘 들어온 말이었기에 그저 근본 없는 욕설인 줄로만 알고 있었다. 그러던 어느 날 "이 버커 리 같은 년아!" 하는 아빠의 고함에 '도대체 내가 왜 버커리

야, 버커리가 뭔데!' 억울한 마음이 들어 국어사전을 찾아보니, '늙고 병들거나 고생살이로 쭈그러진 여자를 속되게 이르는 말'이란 뜻을 지닌 엄연한 표준어가 아닌가! 아, 예, 제가 바로 그 버커리입니다.

어머니 나를 낳으시고 아버지 나를 기르셨으니 아무래도 아빠 아니면 엄마를 닮지 않았을까? 하지만 당신들은 소싯적에 나처럼 살지 않았다고 서로들 부인하시니 나는 정말 누구를 닮아 이러는 것일까?

나에게 연애란 곧 노동이다. 공들여 씻고 화장하는 일. 어지러운 서랍 속을 뒤져 위아래 짝이 맞는 속옷을 찾아내는 일. 웃기지도 않은 이야기에 억지웃음을 지어주는 일. 하루에도 수십 번씩 연락하며 안부를 묻고 시시콜콜한 일상을 보고하는 일. 사소한 문제로 죽일 듯이 싸우고 언제 그랬냐는 듯 화해하는 일. 가끔은 나조차도 이해할 수 없는 나의 생각을 애써 설명해야만 하는 일. 아무것도 아닌 것처럼 보이는 일들이 나에게는 너무나 힘겹게만 느껴진다. 그리하여 나는 연애하는 모든 이를 진심으로 존경한다. 제 한 몸 추스르기에도 바쁜데 애인까지 챙기며 살아가다니 그보다 더 부지런한 사람이 세상에 또 어디 있어? 바람피우는 사람은 진짜 박수쳐줘야 해. 한 명 만나기도 피곤해 죽겠는데 두 명을 번갈아가며 만나다니 진짜 대단하잖아!

　게을러빠진 나는 오늘도 가만히 드러누워 이 글을 쓴다. 손가락을 까닥거리는 것만으로도 이렇게 지치는데 언감생심 연애는 꿈도 못 꿀 일이다. 침대와 한 몸이 되어버린 내가 벌떡, 하고 일어날 수 있을 만큼 멋진 남자를 이번 생에 만날 수 있을까? 운이 좋아 그런 사람을 만난다 하더라도 내가 그 어려운 연애를 해낼 수 있을까? 아니다. 모두 때 이른 걱정이다. 엄마 말대로 여기저기 쑤시고 다녀야 남자를 만나든 말든 하지. 그래, 지금이라도 일어나 어디든 나가보자. 마음에 드는 사람이 보이면 말이라도 걸어보는 거야. 자, 일단 씻어야 하는데. 어제 씻었으니까 씻지 말까? 그래, 그러자. 이 정도면 깨끗해. 근데 오늘 추운가? 추운가 봐. 나가지 말까? 나갈까? 나가지 말까? 나갈까? 에이, 몰라. 다 귀찮아. 그냥 집에 있을래!

급할수록 머리를 감자

저기 저 멀리서 아는 남자가 걸어온다. 언제나처럼 말
끔한 모습이다. 그의 곁에는 그런 그와 잘 어울리는 해사한
여자가 종종걸음을 걷고 있다. 팔짱을 낀 다정한 두 사람이
자꾸만, 자꾸만 가까워져 온다. 나는 세상의 수많은 길을
두고서 왜 이 길을 걷고 있는 것일까. 하필이면 머리도 감
지 않은, 화장은커녕 로션도 바르지 않은, 목이 다 늘어난
티셔츠에 패딩점퍼를 덜렁 걸쳐 입은, 멀쩡한 가방 대신 귤
이 잔뜩 든 검은 비닐봉지를 손에 쥔 이런 날에 말이다. 빠
져나갈 샛길도, 몸을 숨길 전봇대도 없다. 그렇다고 잘못한
일 하나 없는데 뒤돌아 도망치기도 싫다. 쪽팔려 죽을 것
같지만 아무렇지 않은 척 앞으로 걸어 나가는 수밖에. 삼십

32

초 후면 우리는 서로를 마주하게 될 것이다.

　그는 나의 직장 동료였다. 어느 한군데 못난 구석 없
이 밤톨같이 잘생긴 그의 얼굴은 바라보기만 해도 흐뭇한
미소가 절로 지어졌다. 나이에 비해 머리숱이 적어 아쉽기
는 했으나 어차피 내 남자가 아니니 상관없었다. 그에게 어
린 애인이 있다는 것은 모두가 아는 사실이었다. 놓치기 아
까운 사람이었지만 인연이 아니라 생각하고 단념하기로
했다. 그런데 그가 나에게 하는 행동이 심상치 않았다. 내
가 해야 할 잡스러운 일을 대신 처리해주고, 퇴근할 때는
같은 방향이라면서 집 앞까지 데려다주는가 하면, 앞자리
에 앉은 내 등을 콕콕 찔러 뒤돌아보면 말없이 싱긋 웃는
데다가, 늦은 밤 용건 없이 전화를 걸어 잠든 나를 깨우기
까지 하는 것이 아닌가! 나는 그에게 묻고 싶었다. 나를 좋
아하느냐고. 나는 그에게 말하고 싶었다. 나도 당신을 좋아
한다고. 하지만 입에서는 엉뚱한 소리가 흘러나왔다.

　"저한테 왜 이러시는 거예요? 저랑 바람이라도
피우고 싶으세요?"

화들짝 놀란 그는 나에게서 도망갔다.

그로부터 몇 년 후, 그가 결혼했다는 소식을 전해 들었다. 아마 저기 저 멀리서 걸어오는 희고 고운 여인이 그의 아내일 테지. 만약 내가 그에게 솔직한 마음을 고백했더라면 저 여자가 아닌 내가 그의 아내가 될 수 있었을까? 그리하여 지금 그의 손을 붙잡고 이 길을 걷지는 않았을까? 나는 용기가 부족해서, 속마음을 표현하지 못해서, 좋아하는 사람을 곁에 붙잡아 두는 방법을 몰라서 아직까지 혼자인 것일까? 아니다. 용기 내지 않기를 잘했다. 그는 여전히 누군가의 일을 대신 해주고, 누군가를 집에 바래다주며, 누군가를 보며 미소 짓고, 누군가에게 전화해 쓸데없는 이야기를 늘어놓고 있을지도 모를 일이다. 어린 애인을 두고서 나에게 그랬던 그때처럼. 그런 사람을 감당할 자신이 내게는 없다.

우리는 약속이나 한 듯이 눈길 한번 주지 않고 서로를 빠르게 스쳐 지나갔다. 하지만 봤겠지. 나의 기름진 머리와 잡티가 선연한 민얼굴과 후줄근한 옷차림을. 풀풀 풍기는 쉰내는 당연히 맡았을 터인데, 제기랄. 내가 바람둥이 기질이 다분한 그와 인연이 닿지 않은 것을 다행으로 여긴 것처럼, 그 역시 구질구질한 내 몰골을 보고 나에게서 도망치길 잘했다며 가슴을 쓸어내렸을 것이 분명하다. 흥, 그래라. 나도 안 보는 척하면서 다 봤다, 뭐. 이까짓 머리 나는 감으면 그만이야. 근데 너는 없는 머리 더 빠진 거, 그거 어떡할 건데, 응? 어떡할 거냐고! 쌤통이다. 내가 이긴 거야. 울지 말자. 울지 말라고.

가정부를 씁니다

내가 아주 어렸을 때부터 아버지는 말씀하셨다. 인생 잠깐이라고. 없는 놈 만나 고생하지 말고 있는 놈 만나 편히 살라고. 사람 다 거기서 거기라고. 장동건도 똥 싸고 방귀 뀐다고. 아무리 잘생긴 얼굴도 삼 개월만 보면 질리는 거라고. 그러니 다른 거 말고 돈을 보라고 말이다. 어머니는 그런 아버지를 거들어 이렇게 덧붙이셨다. 느이 아빠 말 틀린 거 하나도 없다고. 여자 팔자 뒤웅박 팔자라고. 가난한 것만큼 서러운 일 또 없다고. 엄마는 우리 딸 잘 먹고 잘 사는 게 소원이라고. 세상에 다 갖춘 남자는 없다고. 그러니 다른 거 말고 돈을 보라고 말이다. 아빠와 엄마가 쌍으로 돈타령을 할 때마다 겉으로는 "예, 암요. 여부가 있겠습니까" 하며 고개를 주억거렸지만, 속으로는 '나는 그런 속물이 아니야!' 하고 코웃음을 쳤다.

그러나 언젠가 등 떠밀려 나갔던 선 자리에서 만난 돈 많은 남자의 한마디가 나의 신념을 흔들어놓았다. 그는 내가 자기와 결혼해준다면 가정부를 '쏘겠다'고 말했다. 자질구레한 집안일일랑 가정부에게 맡겨두고 하고 싶은 일을 하면서 즐기며 살라고 했다. 가정부를 쏜다니. 정말이지 저급하기 짝이 없는 표현이라 생각했다. 그런데 참 이상하기도 하지. 그 말이 너무 싫으면서도 한편으로는 너무너무 설렜다. 가정부라니. 가정부라니! 우락부락하기만 한 그의 얼굴이 순간 듬직하게 보이기까지 했다. 좀처럼 갈피를 잡을 수 없는 마음을 따라 흔들리는 나의 눈동자를 그는 보았는지 모르겠지만 나만은 뚜렷하게 느낄 수 있었다. 혼란스러웠다. 나는 사랑보다 돈이 우선인 그렇고 그런 여자일까?

호화스러운 펜트하우스가 아니라 달동네 꼭대기 집에 살아도 서울이 내려다보이는 것은 매한가지니 뭐 대충 벌레만 없으면 좋아하는 사람이랑 그런 곳에서 지내는 것도 나쁘지 않을 거라 여겼었는데. 가진 능력이 부족해 아무

리 노력한다 해도 많이 벌 수는 없겠지만 그래도 알뜰히 살다 보면 가끔 삼겹살도 구워 먹고 철마다 새 옷 한 벌씩 사입으며 소소한 기쁨을 누릴 수 있을 거라 믿었었는데. 사는 게 지치는 날에는 광어 한 마리에 구천구백 원인 싸구려 횟집에서 맥주에 소주 말아 마시며 "당신 말고 다른 남자랑 결혼했으면 이 고생은 안 하고 살았을 텐데" 한바탕 신세한탄을 하고 나면 다시 살아갈 힘이 날 거라 생각했었는데. 편히 살게 해주겠다는 낯선 남자의 말 한마디에 이렇게 갈팡질팡해버리다니. 나는 정녕 사랑보다는 돈이 우선인 그렇고 그런 여자란 말인가.

불행인지 다행인지 그와 인연이 닿지 않아 그가 나에게 가정부를 쏠 일은 없게 되었다. 하지만 그때부터 시작된 나의 고민은 여전히 진행 중이다. 사랑이냐 돈이냐. 그것이 문제로다! 둘 중에 무엇을 선택해야 좋을지 나는 아직도 모르겠다. 그러나 어렴풋이 드는 한 가지 생각은, 그전처럼 자신 있게 사랑을 외치지는 못하게 되어버렸다는 것이다. 어느새 이다지도 낭만 없는 어른이 되어버렸는지. 아니, 어쩌면 세상에는 원래 낭만 따위 없는 것은 아닌지. 그래도 우리 동네 지하철역 앞, 꽃 파는 허름한 노점상이 몇 년째 망하지 않고 버티는 걸 보면 아직 어딘가에 낭만이 남아 있기는 있는 모양인데. 아닌가? 얼마 하지 않는 저 꽃 한 송이도 먹고살 만한 사람들이나 살 수 있는 건가? 모르겠다. 정말 모르겠다.

이혼이 꿈입니다만

나는 이혼할 거야. 선봐서 결혼하면 이혼할 거야. 아니, 정확히 말하자. 이혼 당할 거야. 애 낳을 생각, 밥 지을 생각, 시어머니 모실 생각 전혀 없어. 근데 엄마 아빠는 자꾸만 선보라고 해. 만리포에서 레저 사업하는 남자랑 선보라고 해.

"만리포? 레포츠? 양아치네!"

한마디 했다가 엄마한테 뒤지게 혼났어. 아빠의 꿈은 내가 돈 많은 평택 남자 만나 평택에 사는 것. 주말이면 다 같이 아산만 가고 양성산 가는 것. 내가 고생하지 않고 행복하게 사는 것. 그러나 아빠는 단 한 번도 묻지 않았네.

내가 무얼 할 때 행복한지.

화성에서 온 아빠, 금성에서 온 딸

좋게 말하면 자기주장이 강하고 나쁘게 말하면 고집불통인 나의 언니는 어렸을 적부터 엄마와 자주 다퉜다. 여느 딸내미들처럼 고분고분하지 않고 언제나 제멋대로 구는 언니 때문에 엄마의 속은 편할 날이 없었다.

"내가 정말이지 징그러워 죽겠어. 생긴 것도 제 아빠랑 똑같은데 똥고집 부리는 것도 빼다 박았잖아, 아주. 나중에 결혼해서 꼭 너 같은 애 한번 낳아 봐. 그래야 엄마가 너 땜에 얼마나 맘고생 했는지를 알지!"

저주를 한바탕 퍼부은 엄마가 방문을 부서져라 닫고 나가면, 언니는 속상해하기는커녕 도리어 깐족거리며 이렇게 말했다.

"나는 애 안 낳을 건데? 뭣 하러 나 닮은 애 낳아서 사서 고생하냐? 내 말이 틀려?"

언니는 자신의 주장을 끝까지 관철하려는 듯, 결혼한 지 십 년이 다 되어가는 지금까지도 형부와 단 둘이서 희희낙락 잘 살고 있다.

시집만 보내 놓으면 끝일 줄 알았더니만, 이제는 차원이 다른 고민거리를 안겨주는 언니 덕에 아빠 역시 끌탕 중이다. 친구들 모임에 나가면 너도나도 휴대폰을 들이밀며 손주 사진을 보여주기에 바쁜데 당신만 자랑할 손주가 없어서 소외감을 느낀다고 했다. 텔레비전을 보다가도 육아예능 프로그램이 나오면 울화가 치밀어 채널을 돌려버린다고 하니, 손주를 향한 내 아버지의 애끓는 심정을 더 말해 무엇하랴. 아빠는 언니에게 더도 말고 덜도 말고 손주

딱 한 명만 낳아달라며 애원하고, 사정하고, 벌컥 화를 냈다가도 다시 애걸복걸하기를 반복한다. 심지어는 순리에서 벗어나는 삶을 살면 불행해질 수밖에 없을 거라는 무시무시한 협박마저 서슴지 않는다. 그러나 지조가 굳어도 보통 굳은 게 아닌 우리 언니는 아빠의 으름장에도 눈 하나 깜짝하는 법이 없다.

부녀는 각기 다른 행성에 사는 사람처럼 서로를 별종 취급한다. 아빠는 아이를 낳아야지만 인생의 참뜻을 알 수 있다고 주장하는 반면, 언니는 삶에서 가장 중요한 건 자아실현이라 믿고 있기에 아이를 낳을 수 없다고 되받아친다. 아무리 얘기하고 또 얘기해보아도 양측의 의견 차이는 좁혀질 줄 모른다.

"누구 말이 맞는지 너도 얘기를 좀 해봐!"

나에게 따져 물으신다면 나는 언니의 편에 스리슬쩍 서고 싶다. 아버지 당신이 원하는 대로 언니를 낳았듯, 언니 역시 자신이 원하는 대로 아이를 낳지 않을 자유가 있다

고 생각하는 바이다. 무릇 인간이라면 하고 싶은 일을 하며 살아야 하는 것 아닌가.

그러나 내 아버지 사전에 포기란 없다. 지난 설날, 명절을 맞이하여 오래간만에 집에 내려온 언니 부부를 앉혀두고서 아빠는 사뭇 진지한 목소리로 서두를 열었다.

"너희들 아버지가 하는 말 기분 나쁘게 생각하지 말고 잘 들어."

아빠가 입을 열자마자 언니는 똥 씹은 표정을 지었다. 듣지 않아도 무슨 이야기를 꺼낼지 뻔할 뻔 자이기 때문이리라. 낳아라, 싫다, 낳아라, 안 낳는다, 한 명만 낳으라니까! 한 명이고 나발이고 죽어도 안 낳는다니까! 어느 한쪽도 제 고집을 꺾지 않고 팽팽한 입씨름을 벌인다. 지칠 줄 모르고 목청을 높여대는 두 사람을 보며 나는 고개를 절레절레 저었다. 저 부녀를 누가 말려. 역시 그 아버지에 그 딸이야.

해물탕

드럼 치는 남자를 만났었다. 그는 밤톨처럼 잘생기고 키도 컸다. 나는 그를 사랑했다. 그러니까 잘생기고 키 큼을 말이다. 그를 처음 만났을 때의 느낌을 말로 표현할 수는 없다. 햣촤뽛뽛뽛 정도라면 모를까. 나의 어린 왕자, 라파엘, 디캐프리오!

그때 나는 스물둘이었고 그는 스물하나였다. 나는 그와 헤어진 이후로 그 누구도 사랑해본 적이 없고 앞으로도 그럴 것이다. 이제 나는 서른다섯이고 그는 서른넷이 되었다. 가끔 얼굴을 보며 지내는데 예전처럼 햣촤뽛뽛뽛 하지는 않다. 모든 것으로부터 내가 무뎌지기도 했지만 그의 미모가 죽은 것도 부인할 수는 없다. 이제 그를 삼룡이, 호식이, 방자라고 불러도 어색하지 않을 지경에 이르렀기에 나는 깊은 슬픔을 느꼈다.

잠자기 싫은 밤이면 구남친을 구글링하는 것으로 시간을 보내곤 한다. 오늘, 구글은 나에게 삼룡이의 동영상 하나를 보여주었다. 삼룡이가 속해있는 밴드가 합주하는 고화질 동영상이었다. 햣촤뙇뙇뙇! 나의 가슴은 이십 대로 되돌아갔다. 노래하는 꼴뚜기, 기타 치는 해삼, 키보드 두드리는 넙치 사이에서 드럼 치는 삼룡이는 단연 빛나고 있었던 것이다.

명절이 되어 집에 내려가니 아빠는 시집 타령이다. 아빠는 내 성격이 얼마나 지랄맞은지 아직도 잘 모르고 있다. 나는 선 봐서 결혼하면 한 달 안에 이혼할 여자다. 십 년쯤 알고 지낸 남자와 결혼하는 게 백년해로의 지름길인데 나에게 그런 남자는 삼룡이밖에 없다. 하지만 삼룡이는 여러모로 결혼할 준비가 덜 된 남자이다. 그중에서도 가장 부족

한 것은 나와 결혼을 하고야 말겠다는 마음가짐이다.

첫사랑과 결혼하는 사람이 세상에 몇 명이나 될까. 은희경 가라사대 자고로 결혼은 아무하고나 하는 것. 어차피 나는 누군가에게 줄 사랑이 남아있지도 않다. 될 수 있으면 늦게, 아무하고나 선 봐서 아무하고나 결혼할 것이다. 그때까지는 개망나니처럼 내 마음대로 만나고 싶은 사람 실컷 만나며 살고 싶다.

멸치

맞선남과 나는 리치몬드 앞에서 만나기로 했다. 조금 일찍 도착한 나는 텅 빈 리치몬드 앞에 서있었다. 굳게 잠긴 출입문 위로 그곳이 사라짐을 안타까워하는 사람들의 메모가 붙어 있었다. 딱히 할 일이 없었던 나는 가만히 서서 메모를 읽고 있었다. 그때 낯선 남자의 목소리가 들려왔다.

"안녕하세요."

나는 고개를 돌려 목소리가 나는 쪽을 바라보았다. 탤런트 서강준을 닮은 남자가 나를 보며 환하게 웃었다. 너는 누구? 혹시 나와 선을 볼 남자? 설마 네가? 이건 있을 수 없는 일이야!

그에게 가볍게 목례를 했다. 나는 아마 웃었을 것이다. 아니 웃었다. 웃었음이 분명하다. 그렇게 잘생긴 남자가 나를 보며 웃는데 내가 웃지 않았을 리 없다. 회심의 미소를 짓고 있는 나에게 그가 말했다.

"메모 하나 남겨주시면 무료로 음료를 드려요."

"네? 뭐라구요?"

"저희는 학생인데요. 자발적으로 행사를 하고 있어요. 사라진 리치몬드에 메모 하나 남겨주세요."

"아니에요. 됐습니다."

그럼 그렇지. 내 팔자에 서강준은 무슨. 절망이 채 가시기도 전, 나에게 들려오는 또 다른 남자의 목소리.

"안녕하세요."

나는 고개를 반대편으로 돌렸다.

국물용 멸치같이 생긴 남자가 나에게 꾸벅 인사를 했다. 그 남자와의 한 시간을 말해 무엇하리오. 간략하게 한 줄로 요약하자면

-얼굴 밥맛, 구강구조 밥맛, 먼지 탄 검은 코트 밥맛, 손가락 없는 초록색 장갑 밥맛, 취미생활 밥맛, 관심사 밥맛, 밥맛밥맛. 밥맛의 결정체.

그 남자는 나에게 말했다.

"자기주장이 굉장히 강하시네요."

알아, 안다고. 아니까 닥쳐!

로맨티시스트

　　새벽 두 시만 되면 남자들에게서 연락이 온다. 오래전에 헤어진 남자, 오며 가며 알게 된 남자, 술김에 전화번호를 줬던 얼굴도 기억나지 않는 남자, 심지어는 장성한 아들과 살뜰한 마누라가 있는 남자에게서까지. 면면이 가지각색이지만 '자니?' 하면서 말을 붙이는 것만큼은 그들의 공통분모라 할 수 있겠다. 나를 그리워하며 궁싯거리다가 애끓는 마음을 도저히 참지 못해 용기 내어 연락해오는 것이라고는 생각하지 않는다. 휴대폰을 슥슥 넘겨보다가 '심심한데 그냥 한번 찔러나 볼까?' 하는 거겠지, 뭐. 누운 자리에서 손가락만 움직여 문자 메시지를 보내는 것은 그리 어려운 일이 아니므로 나 아닌 다른 여자들에게도 같은 짓거리를 했을 가능성이 농후하다고 본다. 그럼에도 불구하고 답장을 보낼까 말까 고민하는 이유는 나 역시 심심하기 때문이다.

무언가 특별한 일이 일어날지도 모른다는 실낱같은 희망을 품고 "아니" 하며 답장을 보내보기도 했다. 하지만 돌아오는 말들은 실망스럽기 그지없었다.

"잘 지내? 그냥 너 생각나서... ㅋ... 안 잘 꺼면 나올래? 드라이브하러 가자. 너무 늦어서 않 돼려나? ㄲㄲ"

그들은 아무래도 바보가 아닐까 싶다. 창피한 줄도 모르고 맞춤법을 죄다 틀리는 것도, 속이 훤히 들여다보이는 말을 아무렇지 않게 하는 것도, 대놓고 싫은 티를 내도 눈치채지 못하고 끈덕지게 추근거리는 것도. 바보가 아니고서야 이럴 수는 없다. 하긴, 내가 누구를 흉볼 처지는 아니지. 해가 떠 있을 때는 쥐죽은 듯 조용하다가 달이 뜨고 나서야 나를 찾는 남자에게 나는 도대체 무얼 기대한 것일까.

나야말로 천하제일 바보, 등신, 머저리다.

　이제 어지간해서는 '자니?'라는 물음에 답하지 않는다. 무응답으로 일관하니 연락도 점점 잦아든다. 세상 편하기는 하지만 한편으로는 불안한 마음이 드는 것도 사실이다. 다가오는 남자들을 하나하나 거절하다가 내 곁에 누구도 남아있지 않는 것은 아닐까 하고. 모두 제 짝을 찾아 서로의 안부를 물으며 지낼 때 나는 홀로 외로움을 견디며 혼잣말을 중얼거리는 것은 아닐까 하고. 그러다 결국 아무도 찾지 않는 쓸쓸한 할머니가 되어 차디찬 골방에서 전기장판 하나 덜렁 틀어놓고 골골 앓다가 고독사하는 건 아닐까 하고. 하지만 만나본 적도 없는 미래의 나를 가엾이 여길 게 뭐람. 나는 현재의 내 안위가 중요하다. 에라, 모르겠다. 귀찮은 놈들은 깡그리 차단, 차단, 차단이다!

　새벽이면 '발기탱천'하여 치근거리는 남자들 덕에 쓸데없는 고민을 하다가 아침을 맞이하곤 한다. 예전에는 이런 문제로 골머리를 썩이는 내가 퍽 청춘처럼 느껴졌지만, 이제는 하룻밤을 새우면 이틀을 앓아눕는 나이가 되었기에 잠을 깨우는 그들의 연락이 이만저만 성가신 것이 아니다. 바라옵건대 남성 여러분, 심히 적적하여 그러시는 것은 알겠지만 적어도 자정부터 첫새벽이 밝아올 때까지는 연락을 자제해주셨으면 합니다. 당신네들도 건강을 위해 숙면을 취하는 게 좋지 않겠습니까.

"아닌데! 나는 그런 음흉한 남자 아닌데! 진짜 좋아해서 연락하는 건데!"

당신이 이 세상에 마지막 남은 로맨티시스트라 자부한다면 이런 행동은 더욱 삼가시는 게 좋겠습니다. 당신의 진심이 흑심으로 비추어지지 않도록, 조금만 더 참았다가 낮에 연락하셔요.

사과문

나를 만났던, 나를 만나는, 나를 만날 남자들에게
깊은 사죄의 말씀을 전합니다.
지랄 맞은 성격에 지쳤던, 지친, 지칠 당신들에게
진심으로 미안합니다.
그런데 이 사실을 아실는지요.
당신들은 나와 헤어지면 그만이지만
나는 이런 나와 평생을 살아야 한다는 것을요.

즐거운 하루

사는 게 재미없다. 날 밝으면 일어나 배고프면 밥 먹고 하기 싫은 일 억지로 하다가 어두워지면 잠든다. 매일이 똑같다. 지루해 죽겠다. 심심해 돌겠다. 내가 별나서 이러는 줄로만 알았는데 대한민국 평균 가장인 우리 아빠 역시 그렇단다. 젊었을 때 놀아도 보고, 예쁜 여자랑 결혼도 해보고, 자식도 셋이나 낳아 길러 보고, 돈도 벌 만큼 벌어 쓸 만큼 써봤으면서도 사는 게 재미없다니. 더 살아봤자 별거 없다는 소리잖아, 맙소사! 아빠의 신세 한탄이 거짓이라면 좋겠다. 하지만 아버지 가라사대 "다른 사람이 하는 말은 귓등으로도 들을 거 없어. 세상에 믿을 거라고는 가족밖에 없는 거여. 아부지는 너한테 절대로 거짓말을 하지 않어"라고 누차 강조해오셨으니 사는 게 재미없다는 아빠의 말은 아무래도 참에 가까울 것이다. 그래, 인생은 정말 재미없는 것인가 보다.

바람에 낙엽 굴러가는 모습만 봐도 즐거웠던 때가 나에게도 있었다. 지하철 2호선을 타고 한강을 처음 건넜던 날, 도시를 가로지르는 널따란 강물을 경이로운 눈으로 바라보았다. 광화문 교보문고에 처음 갔던 날, 텔레비전에서만 보던 대형 서점에 왔다는 사실이 너무나 기뻐서 방방 뛰었다. 서울에서 내리는 눈을 처음 맞았던 날, 가로수마다 피어난 노란 불빛에 취해 발이 어는 줄도 모르고 밤늦도록 거리를 걸었다. 양주를 파는 비싼 술집에 처음 갔던 날, 바텐더가 손 위에 올려주는 따뜻한 물수건에 감동해 마음이 다 울컥했다. 처음, 처음, 처음. 어린 나에게는 마주하는 모든 것이 처음이었다. 그렇기에 순간순간이 특별했고 하루하루가 즐거웠다. 그러나 시간이 지나면 지날수록 나를 둘러싼 환경에 익숙해지기 시작했고 결국에는 이래도 흥, 저래도 흥, 매사에 시큰둥한 사람이 되어 버리고야 만 것이다.

"새파랗게 젊은 놈이 꼴값 떨고 앉았네. 그때가 좋은 줄이나 알어. 내가 십 년만 젊었어도 아주 그냥 말이야, 어!"

이 글을 읽으며 혀를 끌끌 찰 어르신들이 계실 줄로 안다. 하지만 어르신네들, 저도 이런 제가 싫답니다. 앞길이 구만리 같은데 사는 게 벌써 재미없다니요, 으흐흑! 남들처럼 밤새워 술 마시고 놀 체력도, 전 재산 탈탈 털어 세계여행을 떠날 배짱도, 행복의 나라로 인도해줄 멋진 애인도 없으니 긴긴 여생을 무슨 낙으로 살아가야 하나 싶다. 그래도 이왕 태어난 거 행복하게까지는 못 살더라도 불행하게 살지는 말아야지. 어떻게 하면 그럭저럭 살아갈 수 있을까 생각에 생각을 거듭하다가 오호라, 이거 괜찮네! 한 가지 묘책을 강구해냈다.

지원했던 대학에 모조리 떨어졌던 날, 좋아 죽고 못 살던 애인이 바람피우는 모습을 목격했던 날, 직장에서 억울한 누명을 쓰고 사표를 냈던 날, 산에서 실족한 엄마가 피를 철철 흘리며 응급실에 실려 왔던 날을 떠올려 보았다.

그때의 나는 얼마나 슬피 울었던가. 신이 나타나 그날들과 오늘 중 하루를 선택하여 다시 살아보라고 말한다면, 나는 당연히 아무 일도 일어나지 않은 오늘을 말할 것이다. 여느 때와 다름없는 무료한 하루. 심심해서 몸이 배배 꼬이기는 했지만 적어도 눈물 흘릴 일은 없었으니 그것만으로도 꽤 괜찮은 날이지 뭐야. 오늘은 정말 재미없는 하루였다. 이다지도 재미없는 하루를 진심으로 감사한다. 내일이 오늘보다 재미없다면 더는 바랄 것도 없겠다.

도원결의

술에 취한 남자의 눈에는 추녀도 미녀로 보인다 하였다. 그래서인가. 술집에만 가면 눈이 개개풀린 남자들이 혀 꼬인 목소리로 말을 걸어온다.

"저기여어! 혼자 오셔쒀여? 너어어어어무 아름다 우셔서 제가 술 한잔 사고 시픈데 맥쮸 갠차느세여, 맥쮸우?"

보잘것없는 쇤네에게 관심을 다 가져 주시니 황송할 따름이지만, 낯을 심하게 가리는 나는 모르는 남자의 알은

68

체가 전연 달갑지 않다. 속마음을 조금만 더 털어놓아 볼 거나? 못생긴 남자가 수작을 걸면 '어허, 그 얼굴로 감히 어딜!' 하는 생각이 들고, 잘생긴 남자가 후리려 하면 '에이그, 그 잘난 얼굴로 할 짓거리가 이것밖에 없냐' 하는 생각이 든다. 그러니까 상대방이 누구이건 간에 그 나물에 그 밥 같아서 '하여튼 남자들이란!' 하며 콧방귀를 뀌게 된다는 말이다.

남자친구보다 남편이 있는 게 더 자연스러운 나이가 되어버린 나는 "저 유부녀예요" 하는 거짓말로 퇴짜를 놓아버린다. 남자들의 반응은 그들의 생김새만큼이나 각양각색이다.

"그러시구나. 전혀 그렇게 안 보이셔서요." 순순히 물러서는 남자.

"누가 연애하재요? 그냥 얘기나 하자는 건데요 뭘." 쿨한 척하는 남자.

"아줌마가 왜 이런 델 와요? 집에 들어가서 밥이나 하세요!" 화를 내는 남자.

그중에서도 나를 가장 뜨악하게 했던 남자는 "잘됐네. 저도 결혼했어요!" 반색하며 내 손을 덥석 잡던 유부남이었다. 이어지는 그의 말은 이랬다. 사랑해서 결혼한 게 아니라 때가 돼서 결혼했다고. 마누라가 살뜰하기는 한데 여우 같은 맛이 없어 재미는 없다고. 부담 없이 연애할 수 있는 사람을 찾고 있다고. 내가 유부녀라 오히려 좋다고. 마음에 든다고. 전화번호 좀 달라고.

남자가 결혼을 했다고 해서 갑자기 고자가 되어버리는 것도 아니니, 저도 모르게 이성에게 연정을 느끼는 것을 어찌 무어라 할 수 있겠는가. 게다가 남자가 제일 좋아하는 여자는 처음 보는 여자라고 하니, 아내가 아닌 다른 여인이 그 얼마나 아리따워 보이겠는가. 나는 본능에 충실한 그를 질책하고 싶지는 않다. 다만, 동반자에 대한 의리라고는 찾아볼 수 없는 그가 우스울 뿐이다. 결혼식장에서는 "어떠한 경우에도 아내를 항시 사랑하고 존중하며 진실한 남편으로서 도리를 다하여 행복한 가정을 이룰 것을 맹세합니까?" 하는 주례의 물음에 우렁차게 "네!" 하고 대답했을 거면서. 한 입으로 두말하고 있으니 영 지질해 보이고 별로다.

나는 오지도 않은 전화를 받으며 주섬주섬 짐을 챙긴다.

"어, 아들. 엄마 이제 들어갈 거야. 그래, 금방 간다니까. 울기는 왜 울어? 뚝 그쳐!"

그는 곤란한 표정을 지으며 자리에서 일어서는 나를 붙잡는 대신, 곧바로 다른 여자에게 낯짝을 들이댄다.

"저기여어! 혼자 오셔쒀여? 너어어어어무 아름다우셔서 제가 술 한잔 사고 시픈데 맥쮸 갠차느세여, 맥쮸우?"

'의리는 없어도 끈기는 있네. 성공을 기원한다, 이 자식아!' 술집을 나서며 생각한다. 나는 나를 배신하지 않을 남자를 만나고 싶다. 금은보화를 주지 않아도 좋으니 변치 않을 믿음 하나만 내게 준다면 평생을 약속하겠다. 복사꽃 만발한 어느 봄날에 주먹 불끈 쥔 서로의 팔을 엇걸고서 "의리!"를 외치며 도원결의 맺을 남자, 어디 없을까?

나는 아버지가 아녀유

아빠 친구 자식들은 어쩜 그렇게 다 잘났을까? 누구 딸은 이렇다더라, 누구 아들은 또 이렇다더라 하는 아빠의 이야기를 듣고 있노라면 세상 자식 중에 못난 건 나 하나뿐인가 싶다.

"그 아저씨들이 나쁜 얘기는 쏙 빼놓고 좋은 얘기만 골라 해서 그렇지 걔들도 까놓고 보면 별거 없을걸? 지들이 잘났으면 얼마나 잘났게? 사람 다 거기서 거기네요."

아빠 말은 다 틀리고 내 말만 다 맞는다고 바락바락

대들어 보아도 속이 후련하지는 않다. 내 아버지라고 해서 남들에게 왜 내 자랑을 하고 싶지 않겠는가. 있는 얘기 없는 얘기 다 끌어모아도 변변한 자랑거리 하나 나오지 않는 초라한 나의 현실을 누구보다도 내가 제일 잘 안다. 상황이 이렇다 보니 아빠는 친구들 모임에 나가고 싶지도 않단다. 꿀 먹은 벙어리처럼 입 꾹 다물고 앉아 남의 자식 자랑을 듣고만 있는 게 여간 고역이 아닌 모양이다.

> "칠십 먹은 노인네가 오십 먹은 아들내미 배웅하면서 '건널목 건널 때 차 조심하니라' 하는 것이 부모 마음이여. 니가 아무리 으른인 척해도 아부지 눈에는 평생 애란 말이여. 그러니 니가 을마나 신경이 쓰여. 어떤 날은 걱정이 돼서 잠도 오질 않어. 아부지는 바라는 것이 암껏도 없어. 그저 니가 행복하게 자아아아아알 사는 게 소원이라면 소원이여. 그렇다면 잘 사는 것이 무엇이냐. 첫째!"

줄줄이 이어지는 이야기는 시집 안 간 딸에게 아버지가 늘어놓는 그 흔한 잔소리다. 괜찮은 남자 만나 하루속히

74

시집갈 것, 더 늦기 전에 아들 하나 딸 하나 낳아 남부럽지 않게 키울 것, 시댁과 친정에 때마다 안부 전화 드리고 자주 찾아뵈며 자식 된 도리를 다할 것 등등. 나는 저 중에 아무 일도 하고 있지 않으니 이건 뭐 거의 천하의 불효자식이라 할 수 있겠다.

내가 잘 살기를 바라는 아빠의 마음을 모르는 바 아니다. 그러나 아빠는 아빠고 나는 나다. 아빠가 좋다고 여기는 것을 나 역시 좋아할 수는 없다. 아빠는 팍 꼬부라진 신김치가 맛있다고 하지만, 나는 아삭아삭한 겉절이가 맛있다. 아빠는 푸른 숲을 거닐러 산에 가지만, 나는 빌딩 숲을 거닐러 광화문에 간다. 아빠는 남자라면 최불암처럼 중후해야 한다고 주장하지만, 나는 남자라면 조인성처럼 훤칠해야 한다고 생각한다. 만약 아빠가 원하는 대로 최불암 닮은 남자와 신김치를 먹으며 산속에서 산다면 나는 너무 슬퍼서 울어버릴지도 모른다. 내가 바라지 않는 삶을 살며 불행을 느낀다면 내가 행복하기를 바라는 아버지의 뜻을 거스르는 꼴이 되어 버리니, 그것은 필경 불효 아니겠는가.

눈이 오나 비가 오나 내 걱정만 하시는 아버지를 위해 이 자리를 빌려 나의 하루를 아뢰고자 한다. 늘어지게 늦잠 자고 일어나 광화문에 나가 맛있는 회전 초밥 사 먹고 교보문고에서 책 좀 들춰보다가 청계천에 앉아 흘러가는 강물을 바라본 다음, 조용한 카페에서 아이스 아메리카노 쪽쪽 빨며 시간을 보낸 후에 떠돌이 개처럼 이 골목 저 골목 쑤시고 다니다 지쳐 집으로 돌아와 캔맥주에 땅콩으로 저녁을 때웠다. 나는 오늘 하고 싶은 일은 하나도 빠짐없이 다 했다. 남들에게 자랑할만한 것은 하나도 없지만 내가 만족했으니 그걸로 됐다. 이만하면 아빠의 소원대로 행복하게 자아아아아알 사는 것 아닌가? 그러니 누가 뭐래도 나는 심청이 뺨치는 효녀다.

이상과 현실

아빠랑 점심을 먹었다.

아빠가 멋있는 남자 좀 데려오라고 했다.

그러고 싶은데 멋있는 남자가 나를 안 만나줘서

못 데리고 온다고 대답했다.

아빠는 내가 농담하는 줄 알고 껄껄 웃었지만

아버지, 이것은 냉혹한 현실입니다.

혼수

겉모습은 마흔일곱쯤 되어 보이지만, 실제로는 서른아홉 밖에 먹지 않은 남자와 소개팅을 했다. 그는 마흔이 되기 전에 결혼하고 싶다는 자신의 목표를 뚜렷이 밝혔다. 어차피 사십 대로 보이는 마당에 올해 결혼하나 내년에 결혼하나 그게 그거 같은데 무어 그리 서두르실까. 나로서는 이해하기 어려웠지만, 당사자인 그는 한시가 급한 모양이었다. 만난 지 삼십 분 만에 나의 가족 관계와 아버지의 직업은 물론이요, 글을 써서 벌어들이는 돈은 얼마나 되며, 자취방이 월세인지 전세인지까지 캐물은 걸 보면 말이다. 무슨 면접관이라도 되는 양 나의 이야기를 하나하나 귀담 아들으며 고개를 주억거리거나 골똘한 표정을 짓는 그의 모습에 하마터면 실소를 터트릴뻔했다. 떡 줄 사람은 생각도 않는데 김칫국 마시고 자빠졌네.

김칫국을 마셔도 너무 마신 그가 말했다.

"저는 있잖아요. 주윤 씨한테 바라는 게 아무것도 없어요. 다른 건 제가 다 준비할 테니까 그냥 몸만 오시면 됩니다. 배 속에 삼 개월쯤 된 애기를 넣어서 오시면 금상첨화고요.. 하하!"

그는 자기가 한 말이 굉장히 센스 있다고 생각했는지 호쾌하게 웃어댔다. 그러나 정작 나는 불쾌하기 짝이 없었다. 해를 거듭할수록 정자 운동성이 저하하는 그의 급박한 상황이야 백 번 이해하지만, 아무리 그래도 그렇지 초면의 여자에게 혼전 임신을 권하다니. 지금 당장 손잡고 러브호텔에 가자는 말과 진배없이 느껴졌다. 그의 무례함에 기가 찼다. 여보세요, 아저씨! 내 난자는 당신 정자를 만날 생각이 요만큼도 없어요. 아니, 당신 정자보다 훠어어얼씬 더 잘난 정자가 와서 꼬리 쳐도 평생 안 받아 줄 거거든요!

나는 결혼을 하더라도 아이는 낳고 싶지 않다. 엄마가 아이를 위해 희생해야 하는 것이 얼마나 많은지 세상의 모든 자식은 제 어머니를 통해 이미 알고 있을 것이다. 숙취 같은 입덧을 견디며 열 달 동안 아이를 품을 의지도, 온몸의 뼈마디가 벌어지는 고통 속에서 목숨 바쳐 아이를 낳을 용기도, 혼자만의 시간이라고는 일분일초도 없이 온종일 아이에게만 매달릴 자신도 내게는 없다. 자라나는 아이를 보며 얻는 기쁨이 얼마나 값진 것인지 나는 짐작조차 할 수 없지만, 아이 없이 사는 삶도 나름의 가치가 있을 거라 믿어 의심치 않는다. 나는 아직 하고 싶은 일도 많고 되고 싶은 것도 많다. 이러한 연유로 내 삶을 아이에게 내어주는 대신 오롯이 나만을 위해 쓰고자 한다. 이렇게나 욕심 많은 나에게 엄마라는 이름은 너무 벅차다.

나는 이런 나의 생각을 그에게 또박또박 전했다. 그는 적잖이 당황했는지 잠시 말을 잇지 못하다가 이내 흥분하며 반박했다.

"여자로 태어났으면 당연히 아기를 낳아야 하는

거 아니에요? 어쩜 그렇게 자기 생각만 하세요? 아기도 안 낳을 거면서 결혼은 왜 하려고 하는데요? 그냥 연애나 하시지."

내가 내 자궁 안 쓰겠다는데 뭔 말이 이리 많아. 아, 그리고 당신이랑은 결혼 안 할 거니까 상관 마시라고요! 그나저나 마흔 되려면 육 개월밖에 안 남았는데 이렇게 말꼬리 잡고 늘어질 시간이 있나? 여기서 나랑 왈가왈부하고 있을 게 아니라 얼른 자리를 박차고 일어나 다른 여자 만나러 가는 게 이익일 텐데. 사람 답답하기는. 아무래도 이 남자, 마흔 되기 전에 결혼하기는 영 틀린 것 같다.

돈 벌기의 어려움

노트북을 마주하고 앉아 원고를 쓰는데 엄마에게서 전화가 왔다. 엄마는 늘 "어디야, 뭐해, 밥은" 하고 묻고, 나는 항상 "도서관, 일해, 대충" 하고 대답한다. 여기까지만 하면 좋으련만 엄마는 꼭 한마디 보탠다.

"맨날 그러구 일만 하면 뭐해. 하는 만큼 벌어야 말이지. 아으, 우리 딸 돈 좀 팍팍 벌어 봐!"

엄마가 '팍팍'이라는 어절에 힘을 팍팍 실어 돈 얘기를 할 때마다 스트레스가 팍팍 쌓인다. 돈타령 좀 그만할 수 없겠냐고, 누가 굶어 죽기라도 하냐고, 쓸 만큼은 번다고, 한번만 더 돈 가지고 트집 잡으면 차단해버리겠다고 협박을 해봐도 엄마는 매번 같은 소리를 반복한다. 전화를 끊고 너무 분해서 '이까짓 일이 다 무슨 소용이야!' 하며 노트북을 바닥에 내동댕이치고 싶었지만 '아아, 십이 개월 무이자 할부!' 하며 겨우 화를 눌렀다.

사실 엄마 말마따나 나도 돈 좀 팍팍 벌었으면 좋겠다. 노트북 할부금도 후딱 갚고, 광화문 교보문고에 일부러 시간 내서 갈 거 없이 그 근처에 집 한 채 얻어 밤낮으로 드나들고, 두루마리 휴지 손에 둘둘 말고 상가 공용 화장실에 가야 하는 싸구려 술집 대신 휴지는 물론 생리대까지 구비해놓은 좋은 술집에 가고, 엄마가 전화해서 잔소리 못 하게 비행기 태워 세계 일주 좀 보내버리게. 그러나 있어 보이는 말로 프리랜서, 실상은 백수건달에 가까운 나에게 이 모든 일은 요원하기만 하다. 세계 일주가 다 뭐야. 신용카드 요금이나 밀리지 않고 내면 다행이지. 쓴 것도 없는데, 아니 나는 진짜 아무것도 쓴 게 없는데 이상하리만치 카드값이 많이 나오는 그런 달에는, 꼬박꼬박 월급을 받던 직장인일

1부. 놓쳐버리는 재미없는 농담

때를 추억하기도 한다.

일은 적성에 맞지 않았지만 돈은 섭섭지 않게 받았다. 나는 망설임 없이 카드를 긁었다. 물론 일시불로. 돈이야 다음 달에 또 들어올 텐데 무슨 걱정이야. 하지만 그런 생활을 반복하면 반복할수록 우울함은 깊어져만 갔다. 아침이 오지 않았으면 좋겠다는 생각, 출근길에 사고가 났으면 좋겠다는 생각, 세상에 원래 존재하지 않았던 사람인 것처럼 흔적도 없이 증발해버렸으면 좋겠다는 생각이 끊임없이 나를 괴롭혔다. 엄마는 이런 나를 다그치며 말했다.

"애, 돈 버는 게 어디 쉬운 줄 알어?"

처음에는 사는 게 가시밭길인 줄 알면서도 나를 낳은 엄마가 미웠다. 그다음에는 이렇게 사느니 콱 죽어버리겠다고 다짐했다. 그러다가 끝내는 죽기는 내가 왜 죽어 백이십 살까지 살면서 하고 싶은 일 다 할 거야! 마음을 고쳐먹었다.

이번 달은 유독 그 시절이 생각난다. 이 말인즉 카드 값이 많이 나왔다는 뜻이다. 진짜 이상해. 나는 정말 안 썼다니까! 카드사가 휩쓸고 간 통장이 텅 비었다. 당장 다음 달이 또 걱정이다. 하지만 그 잘난 돈을 벌기 위해 직장으로 돌아갈 생각은 눈곱만큼도 없다. 억만금을 줘도 살 수 없는 것이 목숨이기 때문이다. 살아있는 것만으로도 나는 이미 부자다. 그러나 세상에 돈보다 더 중요한 건 없다고 여기는 엄마에게 이 말이 먹힐 리 없다. 엄마는 오늘도 얘기할 것이다.

"아으, 우리 딸 돈 좀 파파 벌어 봐!"

무병장수가 목표인 나는 엄마의 말에 더는 스트레스 받지 않기로 했다. 그저 한 귀로 듣고 한 귀로 흘리며 이렇게 대답해야지.

"엄니, 돈 버는 게 어디 쉬운 줄 알어?"

I ♥ SEOUL

누가 뭐래도 나는 서울이 좋고 좋아서
서울에 살고 싶구나.

차가 아무리 막혀도 나는 차 없으니까 괜찮고
사람 미치게 많아도 나는 안 만나니까 상관없고
물가 드럽게 비싸도 나는 돈 없으니까 저절로 안 쓰고.

내 작은 소원이라 하면
북악산 자락에 내 집 한 채 있었으면 하는 것.

서울 땅 이리도 넓은데 이 한 몸 누일 곳 없다니
남신의주 유동 박시봉방도 없다니
에라이, 평생을 헛간살이 할 계집 같으니라구!

개개며 사는 것도 지치고 지치지만서두
그래도 여전히 서울이 나는 좋아.

노처녀는 잘 살고 있습니다

　　나가기 싫은 모임에 억지로 끌려나갔다. 모임의 주최
자가 저와 나의 관계를 들먹이며 이번에도 안 나오면 어쩌
고저쩌고 으름장을 놓기에 어쩔 도리가 없었다. 아무짝에
도 쓸모없어 보이는 이야기를 진지하게 주고받는 사람들
틈에 허수아비처럼 끼어 앉아 생각했다. '이건 인생의 낭비
야. 만약 이 모임에 참석하지 않았더라면 침대에 벌렁 드러
누워 무한도전을 볼 수 있었을 텐데. 그럼 스트레스도 풀리
고 체력도 보충할 수 있었을 텐데. 그렇게 얻은 힘을 발판
삼아 더욱 적극적으로 빈둥댈 수 있었을 텐데.' 여러모로
짜증이 났다. 이런 마음을 입 밖으로 꺼내지는 않았지만 이
미 똥 씹은 얼굴을 하고 있었으므로 눈치 빠른 몇몇은 나의

속내를 읽어냈을지도 모르겠다. 그래서일까.

"저기… 미안한데 갑자기 급한 일이 좀 생겨서…."

뻔한 핑계를 대며 자리에서 일어나는 나를 누구도 붙
잡으려 하지 않았다.

그로부터 며칠 후, 절친한 친구를 만나 푸념을 늘어놓
았다.

"나 진짜 왜 이러는지 몰라. 예전에는 다른 사람
기분 생각해서 어지간하면 다 맞춰주고 그랬는데
이제 그게 잘 안 돼. 남의 비위 맞추려고 하다 보면
내 비위가 상해서 얼굴이 막 썩는다니까?"

그녀는 무언가 알고 있다는 듯 고개를 주억거렸다.

"음, 드디어 증상이 나타나기 시작했군."

나는 속 시원한 해답을 기대했으나 이어지는 그녀의
말은 나를 분노케 했다.

"사람들이 너 노처녀 히스테리 부린다고 안 그러
디?"

노처녀라는 단어만 해도 끔찍한데 거기에 히스테리까
지 따라붙다니. 나는 도끼눈을 뜨고서 그녀에게 덤벼들었
다.

"야, 나만 노처녀냐? 너도 노처녀야! 이러는 내가
노처녀 히스테리면 너도 마찬가지라 이 말이야!"

그녀는 길길이 날뛰는 나를 바라보며 담담한 목소리
로 대답했다.

"맞아, 나 그 소리 들은 지 꽤 됐어."

그녀의 말은 이러했다. 우리가 지금보다 조금 더 어렸

을 적에는 싫어도 싫은 티를 내지 못했다. 상대방이 언짢을까 봐. 그런 그가 우리를 헐뜯을까 봐. 결국에 나쁜 사람으로 낙인찍힐까 봐 두려워서 말이다. 그런데 세상을 좀 살아 보니 남보다는 내가 더 중요하다는 걸 알게 된 것이다. 그래서 다른 이의 눈치를 살피며 행동하는 대신, 싫은 건 싫다고 얘기하고 아닌 건 아니라고 주장하게 된 것뿐. 그런데 사람들의 눈에는 이런 우리의 모습이 결혼 못 한 노처녀가 괜한 성질을 부리는 것으로 비치는 모양이다. 우리는 노처녀 히스테리를 부리는 게 아니다. 그저 스스로가 원하는 바를 확실하게 밝혀도 괜찮다는 걸 이 나이가 되어서야 깨달은 것이다. 그러니 자책할 필요 없다. 우리는 정말 잘살고 있으니까. 순간, 내 친구가 세상에서 제일 멋진 노처녀로 보였다.

"아뇨. 죄송합니다. 아무래도 그건 좀 어렵겠어요."

요즘 내가 열심히 연습하는 말이다. 꽁하니 불만스러운 표정을 짓고 있는 것보다는 확실하게 말로 표현하는 게 더 나을 것 같아서이다. 여태껏 해본 적 없는 말이라서 그

런지 영 입에 붙지를 않는다. 연습, 또 연습해야지. 누군가는 이 글을 읽고 '자기 성질 더러운 거 합리화하고 있네. 아줌마! 노처녀 히스테리 그만 부리고 빨리 시집이나 가세요!'라고 딴지를 걸지도 모르겠다. 오, 드디어 연습한 걸 써먹을 때가 왔군.

"아뇨. 죄송합니다. 아무래도 그건 좀 어렵겠어요."

칵테일 사랑의 저주

나의 애창곡은 마로니에의 〈칵테일 사랑〉이다. 노래방에서 누군가가 "한 곡 뽑아 봐!" 하며 등을 떠밀면, 말로는 "아우, 저 노래하는 거 별로 안 좋아하는데…" 하면서도 마이크를 손에 꼬옥 쥐고서 〈칵테일 사랑〉을 2절까지 부른다. 1절만 부르고 적당히 끊는 게 노래방의 법도인 줄은 알지만, 신명 나는 멜로디가 나로 하여금 노래를 멈출 수 없게 한다.

그런데 사실 이 노래의 가사는 멜로디와 정반대로 우중충하기 짝이 없다. 애인 없는 사람이 갖은 궁상을 다 떨면서 연애하고 싶다고 징징거리는 내용이다. 아무래도 나는 이 노래를 너무 많이 불렀지 싶다. 말이 씨가 되어 노래 가사 그대로 살고 있으니 말이다.

〈칵테일 사랑〉의 가사처럼 마음이 울적했던 어느 날, 거리를 걷다가 전시회장에 갔다. 한가로운 평일 낮이었기에 당연히 인적이 드물 줄 알았는데 이게 웬걸. 여기도 커플, 저기도 커플, 미술관 곳곳에 커플이 바글바글했다. 그들의 행동거지는 참으로 요란했다. 열에 아홉은 그림을 보는 대신, 그림을 배경 삼아 자기들만의 화보를 찍는 데 열을 올리고 있었다. 팔짱을 꼈다가, 어깨동무를 했다가, 허리를 감싸 안았다가, 얼씨구! 이제는 뽀뽀까지! 요리조리 포즈를 바꿔가며 사진을 찍는 모습이 가관이었다. 미술관에 왔으면 조용히 그림이나 감상할 것이지 왜 저러고들 난리 블루스를 추는 것일까. 그러거나 말거나 그들의 자유이기는 하지만, 적어도 다른 관람객에게 폐를 끼치지는 말아야 하는 것 아닌가? 액자마다 들러붙어서 그 짓거리를 하고 있으니 도저히 그림에 집중할 수가 없었다.

나는 결국 그림 보기를 포기하고 전시회장 구석에 앉아 그들의 행태를 관찰했다. 〈염병 떠는 연인들 전展〉을 보러 왔다고 생각하니 이것 또한 색다른 감상 포인트였다. 애정 어린 시선으로 그들을 바라보자 전에는 보이지 않았던 것들이 보이기 시작했다. 방금 찍은 사진을 들여다보는 그들의 눈은 초롱초롱 빛났고 입가에는 미소가 떠날 줄을 몰랐다. 마치 진귀한 작품을 마주해 황홀경에 빠진 사람들 같았다. 하기야. 미술관에 걸린 뜻 모르는 수백 점의 그림이 그들에게 무슨 의미가 있겠는가. 사랑에 빠진 연인의 눈에는 둘만의 사연이 담긴 사진 한 장이 세상에서 가장 아름다운 작품일 것이다. 나도 누군가에게 작품이었던 때가 있었는데. 그러면 뭐 해. 지금은 아무도 봐주지 않는 인기 없는 그림인걸. 괜스레 쓸쓸한 마음이 들어 전시회장을 터벅터벅 빠져나왔다.

이런 날에는 역시 술이지. 헛헛한 가슴을 안고 포장마차에 갔다.

"이모! 소주 하나, 맥주 하나, 꽁치구이 하나요!"

1부. 놓쳐버리는 재미있는 농담

100

플라스틱 의자에 앉아 꽁치구이를 기다리며 맥주에 소주를 말다가 돌연 소름이 돋았다. '소맥'도 칵테일이잖아! 나는 〈칵테일 사랑〉의 저주에 걸린 것이 분명하다. 운명을 개척하기 위해 이제라도 다른 노래를 불러야겠다. 연애 사업에 긍정적인 쪽으로 말이다. 어떤 노래가 좋을까? 구름 낀 밤하늘을 올려다보며 생각에 잠긴 나의 귓가에 음악 한 곡이 스쳤다. "잇츠 레이닝 멘! 할렐루야, 잇츠 레이닝 멘! 아멘!" 옳다구나, 바로 이거야! 부르고 또 부르다 보면 하늘에서 남자들이 비처럼 쏟아지는 날이 오겠지. 오늘부터 내 십팔번은 〈It's Raining Men〉이다. 노래방 가면 2절까지 부를 거니까 마이크 뺏지 마시길.

추석

공포의 추석이 코앞으로 다가왔다. 혹자는 '추석'이라는 정겨운 단어 앞에 '공포'라는 끔찍한 말이 따라붙은 이 문장을 이해할 수 없을지도 모르겠다. 그러나 바닥에 깔아놓은 신문지 위에 쭈그리고 앉아 식용유 한 통을 다 써가며 전을 부치고, 입에 대지도 않는 콩 들어간 송편을 찜통 가득 빚어야만 하는 나에게 추석은 공포 그 자체다. 추석을 즐거이 여기는 사람은 분명, 음식 만드는 내내 부엌에는 코빼기도 비치지 않다가, 상을 다 차려 놓으면 그제야 나타나 국이 짜네! 밥이 지네! 이러쿵저러쿵 훈수를 두면서 먹기에만 바쁜 부류일 것이다. '더도 말고 덜도 말고 한가위만 같아라'라는 말 역시 이들이 만들어냈다는 것에 내 손모가지를 살짝궁 걸어 본다.

하지만 음식 만드는 일이야 명절 스트레스 중 극히 일부에 지나지 않는다. 나를 정말 미치게 하는 건 어른들의 쓸데없는 잔소리다. "올해 나이가 몇이냐?"라는 질문에 "서른셋이에요" 대답하면 "아오, 언제 저렇게 나이를 먹었대!" 기겁하시고. "그 일 해서 돈은 얼마나 버냐?"라는 물음에 "얼마쯤 벌어요." 대답하면 "아오, 대학 나온 애가 그것밖에 못 벌어!" 무시하시고. "만나는 사람은 없냐?"라는 말씀에 "없는데요." 대답하면 "아오, 도대체 너는 어떻게 된 애가 언제 남자 만나서, 언제 시집가서, 언제 애 낳으려고 여태까지, 아오!" 한심한 눈으로 훑어보며 인간말종 취급하시니 내가 안 미치고 배겨? 평소에는 없던 관심이 명절만 되면 샘솟는 이유가 무엇인지 나는 도무지 모르겠다.

뼈 빠지게 일하고서 욕만 한 바가지 얻어먹는 추석이 너무나 괴롭다. 그럴 때마다 나는 상상한다.

"으악! 더는 못 참아!"

뜨끈한 음식이 가득 담긴 소쿠리를 바닥에 내동댕이치는 나를. 놀라 말을 잇지 못하는 어른들을 뒤로한 채 택시를 잡아타고 인천공항으로 향하는 나를. "어느 나라로 가는 표를 원하시나요?" 하고 묻는 항공사 직원에게 "전과 송편과 잔소리가 없는 곳이라면 어디든 상관없어요!" 들뜬 목소리로 말하는 내 모습을 말이다. 그러나 소심하기 짝이 없는 내가 이런 과감한 짓을 벌일 리 만무하다. 언제면 이 열불 터지는 관습에서 벗어나 홀가분한 명절을 보낼 수 있을까? 이런저런 궁리를 하는 동안 추석은 점점 다가오고 가슴은 차차 조여 온다.

나의 소망을 대신 이룬 누군가는 이국으로 떠나는 비행기 안에서 이 글을 읽을 것이다. 멋있다. 좋겠다. 부러워 죽겠다! 부디 몸 조심히 잘 다녀오시기를 바란다. 나처럼 미처 도망치지 못한 누군가는 무심코 깔아 놓은 신문 위에 앉아 전을 부치다가 이 글을 읽을 것이다. 힘들겠지만 나 역시 그러고 있으니 함께 견뎌내도록 합시다, 빠샤! 마지막

으로 누구라고 콕 집어 말하지는 않겠지만 하여튼 그 어떤 누군가는 소파에 벌렁 드러누워 이 글을 읽을 것이다. 그 분에게 부엌일을 거들어달라는 무리한 부탁은 하지 않으려다. 그냥 그 자리에 그대로 누운 채 부엌에다 대고 "어이! 힘들여서 송편 만들지 마. 올해부터는 그냥 마트에서 사다가 올리자고!" 소리쳐주시기만 해도 감사하겠다.

이러나저러나 추석이다. 이왕 보내야 하는 명절, 얼굴 붉히는 일 없이 두루두루 평안했으면 좋겠다. 더도 말고 덜도 말고 한가위만 같기를 우리 모두가 바랄 수 있도록 말이다.

추석-2

　　전 부치러 고향에 내려간다. 바닥에 신문지를 깔고 앉아 허리가 굽도록 부친 그 전은, 돌아가신 우리 할머니와 할아버지가 드신다. 죽은 사람 챙기다가 산 사람이 죽게 생겼다. 참으로 비효율적인 짓거리다. 그런 의미에서 내가 죽으면 제사 같은 건 절대 지내지 않기를 바란다. 어차피 자식도 낳지 않을 거라 나를 챙길 후손은 없겠지만, 혹시나 내가 일찍 죽어 나를 기억하는 사람이 세상에 아직 남아 있다면, 그리하여 어느 날 문득 내가 그리워진다면, 그때는 소공동 조선호텔 스타벅스에 가서 뜨뜻한 라테나 한잔 시켜주시라.

"애가 생전에 여기에서 이걸 마시는 걸 참 좋아했었지" 하면서.

"그래도 라테는 실컷 마시고 죽었으니 잘 살다 간 거지 뭐야" 하면서.

"다시 태어나면 건물주가 되어 건물 일 층에 스타벅스를 입점시키렴" 하면서.

그리고 라테가 식기 전에 냉큼 드시라. 제사가 끝난 후 다 차가워진 전을 집어 먹는 걸 이해하지 못하는 나는, 식어 빠진 라테를 마시는 것 역시 용납할 수 없다.

전 부치러 고향에 내려간다. 엄마, 아빠가 제일 싫어하는 옷을 입고 터덜터덜 집에 간다. 청바지에 헐렁한 까만 니트, 햇수로 오 년째 입고 있는 무인양품 패딩을 대충 걸치고 멀고 먼 집을 향해 가는 중이다. 엄마는 나의 무인양품 패딩을 '극혐'한다. 여성스럽지 않고 칙칙하다는 이유에서다. 아빠는 나의 청바지를 '극혐'한다. 어른스럽지 않고 너무 캐쥬얼하다는 이유에서다. 그러거나 말거나. 전 부치러 가는데 정장 입고 갈 일 있냐. 그리고 난 그냥 이렇게 입는 게 편해. 나는 꾸미는 데 소질도 관심도 없다. 살이라도 찌지 말자는 마음으로 매일 아침 체중을 재는 것이 내가 하는 자기관리의 전부다. 물론 살이 쪘다고 해서 운동을 하거나 음식을 조절하는 건 아니다. 살이 쪘구나, 하고 조금 서글퍼하면 다음 날 체중이 원래대로 돌아온다. 이번 설에 전 부치면서 집어 먹다 보면 살 많이 찌겠지. 그럼 원래 몸무게로 다시 돌아가기 위해 한동안 서글퍼해야겠네. 벌써부터 슬프다.

전 부치러 고향에 내려간다. 지하철을 타고서 경기도 평택시로 내려간다. 가양역에서 9호선을 타고 노량진까지 가서, 노량진에서 1호선으로 갈아타고 평택역에 내린다. 노량진역 에스컬레이터, 내 앞에 선 남자와 여자가 손을 꼭 잡고 있다. 남자는 회색 코트를, 여자는 분홍색 코트를 입었다. 남자는 못생겼고, 여자는 그저 그렇다. 명절 연휴 첫날에 에스컬레이터에서 손을 잡고 있다니. 지난달에 결혼한 모양이지. 아니나다를까 여자의 손가락에서 다이아 반지가 빛나고 있다. 여자여, 너는 시댁에 가는가. 시댁에 도착하면 너희는 붙잡은 그 손을 놓게 되겠지.

"이제 왔니? 좀 빨리 오지 않구선."

너는 시어머니의 빈정거림에 서둘러 분홍 코트를 벗고 앞치마를 두를 것이다. 그러고는 거치적거리는 반지를 빼내어 주머니에 넣겠지. 너의 다이아 반지는 컴컴한 주머니 속에서 빛을 잃는다. 너의 손을 절대로 놓지 않을 것 같던 남자는 이제 너의 손이 아닌 리모컨을 잡고서 네가 아닌 텔레비전을 본다. 여자여, 너 전 부치러 시댁에 가는가.

전 부치러 고향에 내려간다. 여기는 1호선 명학역이다. 지하철 안에는 남자 반 여자 반, 젊은이 반 노인 반이다. 모두가 가족을 만나러 간다. 이번 추석에는 집에 내려가고 싶지 않다. 매번 명절 때마다 하는 생각이지만 이번에는 정말 그리하고 싶다. 호텔 방 하나 잡고 혼자 처박혀 입으로는 아무 말도 하지 않으면서 손으로는 아무 말이나 쓰고 싶다. 텔레비전에서는 화목한 시간을 보내는 가족의 모습을 보여주겠지만 난 그런 거 전혀 부럽지 않다. 얼마 전 광화문을 걷다 우연히 만난 못생긴 캐나다 남자는 나에게 여러 가지를 물었다.

1부. 눈치채라는 재미없는 농담

"이 지역의 이름은 무엇입니까? 당신은 지금 어딜 가십니까? 직업이 무엇입니까? 주말인데도 일을 하십니까? 당신은 왜 친구를 만나지 않습니까? 혼자 있으면 외롭지 않습니까? 괜찮다고요? 하하, 그건 미국 스타일 아닌가요? 그렇죠? 당신은 한국 사람 같지 않은데요? 혹시 괜찮으시다면 저와 커피 한잔하시겠습니까? 많이 바쁘십니까? 그렇다면 당신의 전화번호를 알려 주시겠습니까?"

영어로 예의 있게 거절하는 법을 몰라 그냥 번호를 알려줬다. 그는 매일 아침 나에게 카톡을 보내거나 전화를 하지만 나는 그것에 응하지 않는다. 왜냐하면 나는 혼자이고 싶기 때문이다. 절대로 네가 못생겨서가 아니다. 나는 그냥 누구와도, 아무 말도 하고 싶지 않다. 이제 여기는 수원역. 말 많은 친척들이 사는 고향이 점점 가까워진다.

전 부치러 고향에 내려간다. 나는 전을 부치러 고향에 내려간다. 나는 전을 부치기 위해 고향에 내려간다. 나는 전을 부치기 위해 쉬지도 못하고 고향에 내려가는 중이다.

나는 좆같은 전을 부치기 위해 인생의 하루를 허비해가며 고향에 내려가는 와중에 화를 내고 있다. 나는 전을 얼마나 부쳐왔는지, 그리고 앞으로 얼마나 더 부쳐야 할지, 알지도 못한 채 그저 부치라고 하니까 전을 부치러 고향에 내려가며 스스로의 신세를 한탄하고 있다. 그까짓 전 안 부치면 그만이지, 하는 생각을 하다가도, 집에 안 내려간다고 말하면 내일이라도 죽을 것처럼 힘 빠진 목소리를 내는 엄마 때문에 나 이직선은 그 좆같은 전을 부치러 고향에 내려간다. 엄마라고 태어나고 싶어서 태어났겠어, 엄마라고 전 부치고 싶어 부치겠어, 그냥 그럴 수밖에 없었겠지. 나는 그러한 엄마의 딸로 태어난 죄로 전 부치러 고향에 내려간다. 난 내 딸이 그깟 전 부치는 거 가지고 이렇게 구구절절 세상 다 산 것처럼 글 쓰는 꼴 못 본다. 그러므로, 절대로 절대로 누가 때려죽인다 하더라도 자식을 낳지 않을 것임을 다시 한번 굳게 다짐하는 바이다.

전 부치러 고향에 내려왔다.

나 이제 전 부친다.

2부

전기장판 위의 사색

숙취

간밤의 일이 전혀 기억나지 않는다. 그러나 무언가 큰 실수를 했다는 것만큼은 분명하게 느껴진다. 나를 엄습하는 이 불안감의 정체는 도대체 무엇이란 말인가! 나는 술에 절어 깨질 듯한 머리를 살살 달래가며 지난밤을 상기해보았다. 친구와 저녁을 먹은 후, 길을 걷다 우연히 들어간 술집에서 내가 좋아하는 양주를 저렴하게 파는 것을 알게되었고, 기쁜 마음에 연거푸 잔을 비우며 "몇 잔 마시다 보면 미각을 잃기 마련인데 오늘은 들이켜는 족족 맛있네"라고 친구에게 말했는데, 그랬는데! 기억은 거기까지였다. 아마도 그 말을 함과 동시에 미각은 물론 기억까지 잃은 모양이었다. 사라진 기억의 조각을 찾아내기 위해 휴대폰을 뒤지기 시작했다. 불행 중 다행으로 첫사랑에게 전화를 걸어 주정을 부리거나, SNS에 손발이 오그라드는 글을 싸지르지는 않았다. 그런데 마지막으로 열어본 사진첩 속에 낯선 동영상 하나가 남겨져 있었다. 사건의 실마리가 보이는 듯했다. 나는 떨리는 손가락으로 재생 버튼을 눌렀다.

어스레한 어느 골목길, 술에 취해 엉망이 된 내가 휘청이고 있었다. 그런 나의 발치에는 내가 방금 쏟아낸 것으로 보이는 질펀한 토사물이 한 무더기 놓여 있었는데, 그양이 어찌나 푸진지 비둘기 오십 마리가 둘러앉아 삼 일 밤낮으로 잔치를 벌여도 될 지경이었다. 나는 그러고도 더 게워낼 것이 남았었는지 "야, 내 등 두드리지 마. 두드리지 말라고! 자꾸 두드리면 나 또 토한다!" 하며 혀 꼬인 목소리로 친구를 협박했다. 속엣것을 토해내느라 애쓰는 나의 등을 두드려주던 친구의 손길을, 구토를 부추기는 채찍질로 오해했으리라. 등 두드리지 말라는 소리가 마흔아홉 번쯤 반복되었을 때, 친구의 깊은 한숨 소리와 함께 동영상이 끊겼다. 얼굴이 화끈거리다 못해 터질 것처럼 뜨거워졌다. 나는 이 치욕스러운 광경을 누가 보기라도 할세라 황급히 동영상을 지워버렸다.

　숙취가 가시질 않아 종일 앓았다. 꼼짝없이 침대에 드러누워 참회의 시간을 보내는 동안 여러 생각이 머릿속을 스쳤다. 어젯밤 일은 분명 나에게 일어난 것이다. 그러나 나는 그것을 전연 기억하지 못한다. 그러니 결국, 그것은 나에게 없는 시간과도 마찬가지다. 지금껏 이런 식으로 잃어버린 시간이 얼마나 될까? 안 그래도 짧은 인생, 그 일부를 뭉떵뭉떵 잘라서 내다 버렸다는 결론에 이르자 정신이 번쩍 들었다. 더 이상 이렇게 살아서는 안 돼! 나는 굳게 다짐했다. 죽는 날까지 술을 입에 대지 않기로 말이다. 술을 끊고 환골탈태하여 성실한 삶을 살아가겠다는 뜻은 아니다. 나는 그저, 순간순간의 기억이 추억으로 오래오래 남겨지기를 바랄 뿐이다.

　나는 친구에게 전화를 걸어 이런 나의 결심을 전했다. 그러자 그녀는 "안 돼, 술 키핑해놨단 말이야. 끊을 때 끊더라도 남은 술은 다 마셔야지!" 하며 한참을 앙앙대다가 이어 말하길 "하긴, 창피해서 거길 또 어떻게 가냐. 그냥 없는

술이라고 생각하고 버려야지 뭐" 하는 것이 아닌가? 창피해서 거길 또 어떻게 가냐니. 이 말인즉, 내가 술집에서도 상당한 주정을 부렸다는 얘기? 하하, 이거 영 쪽팔려서 몸 둘 바를 모르겠구먼그래. 하지만 괜찮다. 어차피 나는 그 순간을 기억하지 못하니 그것은 나에게 존재하지 않는 시간과도 마찬가지고, 결국은 없던 일이 되는 거잖아? 몰라! 나 진짜 기억 안 난단 말이야!

달려라 두깨 씨

만화 〈달려라 하니〉에서 하니의 담임선생인 홍두깨의 나이는 몇이나 되었을까? 서른? 서른넷? 서른여덟? 전부 땡이올시다! 학생들 앞에서 자기소개를 하는 그의 대사를 빌려 정답을 발표하겠다.

"이름은 홍두깨. 이십오 세, 미혼, 전공은 체육이다."

그렇다. 마냥 아저씨인 줄로만 알았던 홍두깨는 사실, 까슬한 수염보다 보송한 솜털이 어울리는 스물다섯 꽃다운 청년이다. 나는 홍두깨의 나이가 생각보다 너무 어리다는 점에 한 번, 내가 홍두깨보다 한참 누나라는 것에 두 번, 고작 스물다섯밖에 되지 않은 그를 주변 인물 모두가 떠꺼머리 노총각 취급했다는 사실에 세 번 놀랐다. 〈달려라 하니〉가 방영되었던 1988년 당시에는 스물다섯을 결코 적지 않은 나이로 여겼던 모양이다.

예나 지금이나 미혼으로 조용히 살아가기는 쉽지 않은 법. 홍두깨의 큰아버지는 "사람은 나이가 차면 결혼을 해야 한다"고 일장 연설을 늘어놓은 끝에 "얌전한 색싯감을 골라 놨다"며 홍두깨의 눈앞에 사진 한 장을 들이민다. 그는 자신의 이상형과 멀어도 너무 먼 사진 속 여자와 결혼하고픈 마음이 눈곱만큼도 들지 않았으나, 그녀의 적극적인 구애와 큰아버지의 밀어붙이기를 이기지 못해 백년가약을 맺기에 이른다. 명랑 만화답게 "그리하여 두 사람은 오래오래 행복하게 살았답니다"로 막을 내리기는 했지만, 나는 그 후의 이야기가 궁금하다. 중년이 된 홍두깨는 무탈한 결혼 생활을 하고 있을까? 혹시 젊은 날의 섣부른 선택을 후회하며 서글픈 나날을 보내고 있는 것은 아닐까?

만화 속으로 들어갈 수 있다면, 그래서 결혼하기 전의 홍두깨를 만날 수만 있다면, 그가 나를 미친 여자로 생각하거나 말거나 이 말만은 꼭 해주고 싶다.

"두깨 씨. 아니, 두깨야. 네가 나보다 동생이니까 그냥 말 편하게 할게. 넌 결혼하기에는 아직 어려. 모두가 너를 아저씨라 부른다고 해서 네가 진짜 아저씨인 건 아니라고. '이게 무슨 개소리야' 하는 표정 지을 거 없어. 2017년에는 스물다섯한테 아무도 아저씨라고 부르지 않으니까. 아무튼 두깨 너 진짜 괜찮은 사람이야. 봐라. 안정적인 직업 있겠다. 심성 곱겠다. 잘생겼겠다. 아니긴 뭐가 아니야. 네가 대충하고 다녀서 그렇지 꾸미면 진짜 잘생긴 얼굴이라고. 그러니까 내 말은, 주변 사람들이 너를 아무리 깎아내리더라도 그 말에 휩쓸려 쫓기듯 결혼하지 말고, 시간을 두고서 좀 더 신중하게 결정하라는 거야. 평생을 함께 보낼 사람을 선택하는 일이잖아. 안 그래?"

어렸을 때는 안중에도 없던 홍두깨가 이제 와 눈에 밟히는 이유는 내가 바로 2017년을 살아가는 홍두깨이기 때문이다. 신혼살림에 깨가 쏟아지는 친구는 "더 늦기 전에 너도 결혼해야지" 하며 안쓰러운 눈으로 나를 쳐다보고, 소개팅에서 만난 더럽게 못생긴 남자는 "나이도 많으신 분이 되게 팅기시네요" 하며 나를 비꼰다. 거기에 연로한 부모님까지 합세하여 "네가 시집만 가면 나는 소원이 없어!" 하며 가슴을 치시니 자꾸만 조급해지는 마음을 달래기 어려운 것이 사실이다. 그럴 때면 나는 생각한다. '2046년의 사람이 타임머신을 타고 현재로 온다면 내가 홍두깨에게 했던 말 그대로를 나에게 들려주지 않을까?' 하고 말이다. 그래, 서두를 이유 하나 없다. 왜냐하면 나는 결혼하기에 아직 어리기 때문이다.

소나기

결혼 삼 개월 차, 신출내기 유부녀인 친구에게서 '놀고 싶어 미치겠다'고 연락이 왔다. 놀고 싶으면 나가 놀면 그만이지 놀고 싶어 미칠 이유기 무엇이냐 물었더니, 집에서 기다리는 사람이 있다는 게 영 신경 쓰여서 마음 편히 놀 수가 없다는 것이었다. 그러다 보니 아무리 놀아도 논 것 같지가 않아서 짜증이 난다나 뭐라나. 그녀는 그 후로도 결혼 생활의 이런저런 불편을 줄줄 토로했다. 신혼집 가까이에 사는 시어머니가 연락도 없이 불쑥 찾아오시는 것, 방귀를 차곡차곡 모아뒀다가 남편 몰래 푸다다닥! 한꺼번에 내보내야 하는 것, 트림 역시 그리할 수밖에 없는 것, 혼자만

126

의 시간을 보내고 싶은데 고개만 돌리면 남편의 얼굴이 눈에 들어오는 것 등등. 그녀는 이 모든 일에서 자유로운 나를 부러워했다.

단점 말고 장점은 없냐는 나의 물음에 그녀는 한참 뜸을 들이더니 "데리러 오는 사람이 생겼다는 거?" 하고 대답했다. 그녀의 남편은 언제 어디로든 그녀를 데리러 온다고 했다. 그 덕에 낯선 동네에서 막차가 끊길 때까지 술 마시며 놀면서도 집에 돌아갈 걱정은 하지 않는단다. 그 많은 자유를 포기하고 얻은 것이 고작 '데리러 오는 사람'이라니. 택시 호출 앱으로도 대체 가능한 장점이었다. 결혼 그까짓 거 안 해도 사는 데 아무런 지장 없겠구먼그래! 나는 다른 어떤 것에도 구애받을 필요 없이 내 일에만 집중할 수 있는 현재를 만족스러워하며 늦은 밤까지 도서관에서 원고를 썼다. 그러나 이것은 나의 오만에 지나지 않았다는 것을, 그로부터 얼마 지나지 않아 깨닫게 되었다.

일을 마치고 집으로 돌아가려 도서관을 나서는데 장대비가 쏟아져 내리기 시작했다. 우산이 없는데 이를 어쩌

나. 택시를 부르려다가 그만두었다. 정문에서 한참을 걸어 들어와 수십 개의 계단을 올라와야 하는 도서관 입구에 택시를 댈 수 없는 까닭이었다. 모르는 사람에게 도움을 청하려다가 그만두었다. 지하철까지만 우산을 나누어 쓸 수 없겠냐고 말을 걸기에는 내가 너무 수줍음이 많은 탓이었다. 친언니에게 전화를 하려다가 그만두었다. 우산을 가져다 달라고 부탁하는 것이 아무리 생각해봐도 염치 불고한 짓으로 느껴졌기 때문이었다. 비는 점점 거세지고 밤은 차차 깊어져 갔다. 탁, 탁, 우산 펼치는 소리가 여기저기에서 들려오는데. 우산을 받쳐 든 사람들이 빗속으로 걸어 들어가는데. 꼼짝없이 발이 묶인 나는 내리는 비를 멍하니 바라볼 수밖에 없었다. 그리고 생각했다. 나도 데리러 오는 사람이 있었으면 좋겠다, 하고.

자유를 잃은 대신 데리러 오는 사람을 얻은 친구가 진심으로 부러워졌다. 나도 언젠가는 나의 자유와 맞바꿀 만한 남자를 만날 수 있을까? 그 사람은 이렇게 비가 오는 날, 기꺼운 마음으로 우산을 들고 나를 데리러 와 줄까? 그 이를 만나기 전까지는 일 년 삼백육십오일, 작은 우산을 가방 속에 넣어 다녀야겠다. 오늘처럼 괜스레 감상에 젖어드는 일 없도록 말이다. 그런데 그 임은 언제면 오시려나. 이번 생에 오기는 오시려나? 오라는 임은 안 오고 왜 자꾸 비만 오는 거야. 하늘아, 뚝 그치라고. 울고 싶은 건 네가 아니라 나라고!

침묵 추가요!

거울에 비친 내 모습이 영 추레하다. 사랑하는 남자에게 차여 삶의 의욕을 잃은 여자 같기도 하고, 도망친 노비를 찾아 헤매는 추노 같기도 하고, 처마 밑에 옹송그리고 앉아 비를 피하는 삽살개 같기도 하다. 평소와 다름없이 몸단장을 했는데 도대체 무엇이 문제일까? 못난 얼굴을 이리 살피고 저리 살피다가 정수리에 눈길이 가닿았다. 그곳에는 새로 자라난 곱슬머리가 라면처럼 바글바글 끓고 있었다. 미용실에 발길을 끊은 지 어언 반년. 배배 꼬인 머리털을 쭉쭉 펴는 스트레이트파마를 해야 할 때가 오고야 만 것이다. 아아, 어머니! 어찌하여 저를 곱슬머리로 낳으셨나요! 저는 미용실에 가는 게 죽기보다 싫단 말이에요!

축복받은 생머리들은 모를 것이다. 서너 시간 동안 미용실 의자에 꼼짝없이 앉아 "언니, 곱슬 진짜 심하다. 머리숱이 어쩜 이렇게 많아요? 어우, 머리하다가 팔 떨어지겠네!" 하는 미용사의 볼멘소리를 듣는 것이 얼마나 불편한 일인지 말이다. 생각 같아서는 "내가 뭐 공짜로 해 달랬나? 돈 받을 건 다 받아먹으면서 불평불만 더럽게 많네. 아니, 그리고 말이야. 곱슬이 심하니까 스트레이트파마를 하지 생머리면 내가 이걸 왜 해?" 고래고래 소리를 지르고 싶지만, 다시는 그 미용실을 찾지 않는 것으로 소심한 복수를 대신한다. 그러나 어느 미용실에 가도 나를 달갑잖은 손님으로 여기는 것은 마찬가지였다. 그렇게 온갖 수모를 겪으며 이 미용실 저 미용실을 전전하던 나에게 드디어 단골집이 생겼다. 내가 그곳을 좋아하는 이유는 친절하거나 머리를 잘해서가 아니다. 미용사의 과묵함, 오로지 그거 하나만 보고 간다.

그녀를 처음 마주했을 때 나는 잔뜩 졸았다. 사나운 생김생김과 진한 화장이 위협적으로 느껴졌기 때문이다. 오늘은 또 어떤 잔소리를 들으려나. 불안한 마음으로 거울

앞에 앉았다. 그러나 그녀는 내 머리카락을 손가락으로 슥슥 빗어내리고 한 손에 그러쥐어 보더니 아무런 말없이 작업에 착수했다. 수세미 버금가는 머리털과 몇 시간 동안 씨름을 벌이느라 콧잔등에 땀방울이 송골송골 맺혔으면서도 싫은 내색 한번 하지 않았다. 그녀의 무뚝뚝한 친절이 고맙고 또 미안했다. 이번에도 염치 불고하고 그녀의 신세를 지고자 그리로 향했다. 그런데 이게 무슨 일이람. 굳게 잠긴 미용실 문 위에 '영업 종료'라고 쓰인 종이 한 장이 붙어 있었다. 나는 아쉬운 마음에 어차피 열리지 않을 문을 괜스레 밀어 보았다. 텅 빈 미용실 안쪽에서 종소리가 딸랑 희미하게 들려왔다. 한마디 말도 없이 떠나버리다니. 과연 그녀다운 마지막이었다.

하는 수 없이 다른 미용실로 발길을 옮겼다. 파리만 날리던 영업장에 내가 들어서자 미용사가 들뜬 목소리로 나를 반겼다. 날씨 얘기부터 시작해서 식사는 했는지, 찾아오기 힘들지는 않았는지, 녹차가 좋은지 커피가 좋은지 이것저것 정신없이 물어왔다. 그러고는 눈썹으로 여덟팔八 자를 그리며 호들갑을 떨었다.

"고객님, 평소에 헤어에센스 안 바르시죠? 여기 보세요. 죄다 상했잖아. 이거 영양 추가 안 하면 녹아버려요. 길이가 기니까 기장 추가도 들어갈게요. 어머나 세상에, 이게 머리카락이야 밧줄이야!"

나는 정말 말하고 싶었다.

"혹시 침묵도 추가되나요? 비싸도 괜찮으니 그것도 좀 부탁드릴게요."

장기 자랑

나는 장기長技가 없다. 노래도 운동도 공부도 못한다. 글 쓰고 그림 그려 밥벌이를 하고 있으니 이게 장기인가 싶기도 하지만, 보시다시피 썩 빼어난 실력이 아닌지라 내세우기 뭣하다. 남들보다 잘하는 거라고는 '아무것도 안 하고 오래 누워있기' 정도인데 이건 그리 특별한 능력이 아니므로 역시 장기가 없다고 하는 게 맞겠다. 그런데 이런 내가 장기 자랑을 한 적이 있다. 장기도 없는 사람이 장기 자랑을 하다니. 앞뒤가 맞지 않는 말 같지만 정말이다.

첫 직장을 다닐 때의 일이다. 입사한 지 반년이 지났

음에도 신입 티를 벗지 못한 나는 이리 치이고 저리 치이며 힘겨운 나날을 보내고 있었다. 그런 와중에 상사의 엄명이 떨어졌다. 다가오는 송년회에 장기 자랑을 해야 하니 다른 부서 신입 여직원들과 함께 걸그룹 춤을 추라는 것이 아닌가. 초등학교 운동회 때 부채춤을 춘 게 내 댄스 경력의 전부인데 난데없이 춤을 추라니. 그것도 손바닥만 한 옷을 입고서 온갖 요망한 포즈를 취해야 하는 걸그룹 춤을 추라니. 시간 외 근무 수당이라도 받으면 억울하지나 않지 땡전 한 푼 주지도 않을 거면서 춤을 추라니. 뭐 이런 거지같은 경우가 다 있어! 불쾌한 표정을 감추지 못하는 나에게 상사가 다그쳐 말했다.

"이것도 사회생활의 일부니까 내뺄 생각은 하지도 마."

나도 드라마 속 당돌한 여주인공처럼 "제가 춤이나 추려고 비싼 등록금 내고 대학 나온 줄 아세요?" 앙칼지게 쏘아붙이고 싶었지만, 평탄한 앞날을 위해 "네, 알겠습니다. 소녀시대로 준비하면 될까요?"라고 대답할 수밖에 없었다.

각 부서에서 선발된 아홉 명의 여직원이 강당에 모였다. 그중 춤이 장기인 사람은 아무도 없었다. 우리는 소녀시대의 안무 동영상을 선생 삼아 그녀들의 유연한 몸짓을 따라 해보려 무진 애를 썼다. 그러나 작대기처럼 뻣뻣한 몸뚱이는 마음대로 움직여주지 않았다. 꼭두각시 인형 같은 우리의 모습이 웃기고도 슬펐다. 송년회 당일, 우리는 직장에서 마련해준 짧은 바지를 입고 무대에 올라 팔다리를 되는대로 휘적거렸다. 쪽팔려 죽기 직전이었다. 그런데 참 이상하기도 하지. 사람들은 어설픈 소녀시대의 모습에 환호 작약했다. 이렇게 춤을 못 추는데 저렇게 좋아할 수 있을까? 저들은 도대체 무얼 보며 손뼉을 치는 것일까? 지금 우리가 자랑하는 건 춤일까 몸일까? 알다가도 모를 일이었다. 그 후로도 아주 여러 번 춤을 췄다. 신년회, 각종 회식, 체육대회, 창립 기념일 등등. 나는 다음번 송년회가 돌아오기 전에 사직서를 냈다. 퇴사 사유에 '부당한 댄스 강요로 인한 자존감 저하'라고 쓰려다가 그냥 '개인 사정'이라고만 적고 말았다.

겨울바람이 불기 시작하면 맨다리를 내놓고 추위에

벌벌 떨며 춤을 추던 그 시절이 떠오른다. 그때는 어린 마음에 남들 앞에서 춤을 추는 게 그렇게 싫더니만 이제 와 생각하니 어우, 더 싫어! 아주 진절머리가 나! 추지도 못하는 춤을 장기랍시고 자랑하게 하는 이상한 송년회 따위, 이제는 그만둘 때도 되지 않았나 싶다. 송년회와 장기 자랑이 없다면 연말이 너무 썰렁하지 않을까 하는 걱정은 고이 접어 쓰레기통에 던져두시라. 훈훈한 연말을 보내는 건 따끈하게 온도를 올린 전기장판 위에서도 얼마든지 가능하니까 말이다.

장기 자랑-2

송년회 때 장기 자랑을 하란다. 안 하고 싶은데요, 말했는데 무조건 해야 한단다. 정말로 안 하고 싶은데요, 다시 말했는데 그래도 해야 한단다.

안녕하세요, 이주윤입니다.
제 장기는 글 쓰는 것입니다.
지금부터 글을 쓰겠으니 잘들 보십시오, 해야 하나.

추지도 못하는 춤을 장기랍시고 남들 앞에서 추게 생겼다. 아무리 긍정적으로 생각해보려 해도 사회생활은 천박하기 그지없다.

장기 자랑-3

결국 송년회 때

오렌지캬라멜의 〈마법소녀〉에 맞춰 춤을 췄다.

하기 싫다더니 제일 잘 하네, 팀장님이 말했다.

인기상을 받았다.

원치 않은 인기 감사합니다.

내년에는

백지영의 〈총 맞은 것처럼〉을 불러야겠다고

다음의 인터넷 유머 기사를 보며 다짐했다.

"송년회 장기 자랑 앙심품은 직원
임원들에게 석궁 난사로 10명 중경상 입어"

회사 송년회에서 강제로 장기 자랑을 시킨 것에 앙심을 품고 임원들에게 석궁을 난사한 직원이 경찰에 붙잡혔다.

서울 영등포경찰서는 21일 회사 송년회 자리에서 미리 준비한 석궁을 난사해 임원 등 총 10명에 중경상을 입힌 조 모씨(31)를 붙잡아 폭력 등 처벌에 관한 법률 위반 혐의로 구속영장을 신청했다.

조 씨는 이날 부서 대표로 장기 자랑에 참가해 인기 여자 댄스그룹 소녀시대의 〈훗〉을 공연하던 중, 화살을 쏘는 댄스 장면에서 전날 서울 시내 모처에서 구입한 석궁을 들고 나와 리듬에 맞춰 화살을 난사해 전 직원을 아연실색케 했다는 것. 경찰 조사결과 조 씨는 조용하고 세련된 분위기에서의 송년회를 원했으나 그런 의견이 받아들여지지 않은 채 구태의연한 송년회가 반복되고 직급이 낮다는 이유만으로 강제 동원된 것에 화가 나 다시는 이런 송년회를 못 하도록 단단히 벼르고 있다 이와 같은 일을 저지른 것으로 밝혀졌다.

또한 조 씨는 이날 사용할 석궁을 11월 중순에 이미 주문 제작하였고, 평소 즐겨하던 일본 KOEI사의 전략 시뮬레이션게임 〈삼국지11〉에 등장하는 연노대에서 착안하여 석궁을 한 번에 3발씩 발사되도록 설계한 후 〈훗〉 노래의 '트러블~ 트러블~ 트러블~' 가사에 맞춰 총 3회, 9발의 화살을 발사한 것으로 알려졌다.

이 사고로 당시 송년회 자리에 있던 김 모 전무(51)가 왼팔에 화살을 맞아 전치 4주의 상처를 입는 등 총 10명이 중경상을 입고 인근 여의도성모병원으로 후송되어 치료를 받고 있다.

경찰은 조 씨가 엽기적인 행동을 저질렀으나 정신적인 문제는 없는 것으로 보여 정신감정은 의뢰하지 않고 수사를 계속할 예정이다.

빨리빨리

무엇이든 빨리빨리 하는 친구가 있다. 그녀는 김이 오르는 뜨거운 왕만두를 한입에 욱여넣고, 가만히 있어도 저절로 움직이는 에스컬레이티를 구테여 두 계단씩 성큼성큼 오르며, 문자 메시지를 보내고서 답장이 재깍 오지 않으면 답답함을 참지 못해 수화기를 든다. 그녀의 급한 성미는 컴퓨터로 문서 작성을 할 때 확연하게 드러난다. 온갖 단축키를 써가며 키보드를 번개같이 갈겨대는데 믿을 수 없겠지만 정말로 손가락이 보이지 않는다. 혹자는 여장부처럼 드센 그녀를 밉살맞게 여기기도 한다. 그러나 매사에 느려터진 나의 눈에는 화끈한 그녀의 모습이 세상 제일 멋있기만 하다.

그녀는 결혼 역시 빨리하고 싶어했다. 아들이고 딸이고 힘닿는 데까지 쑥쑥 낳아서 복작거리며 살고 싶은데, 그러니까 두 명은 너무 적은 것 같고 한 다섯 명쯤 낳았으면 하는데, 그러려면 젊고 건강할 때 결혼을 해야 한다는 것이 그녀의 주장이었다. 허나 애석하게도 그녀와 함께 가정을 꾸릴 남자는 이십 대 내내 나타나지 않았고, 어느덧 우리는 삼십 대 중반을 목전에 두게 되었다. 결혼하기에 결코 늦은 나이라 생각하지 않지만, 아이 다섯을 낳기에는 늦어도 너무 늦은 나이라는 걸 부인할 수 없었다. 나는 "야, 네가 무슨 흥부 마누라냐? 요즘 세상에 누가 다섯이나 낳아. 그냥 둘로 해, 둘로!" 하는 장난스러운 말로 상심에 빠진 친구를 위로할 수밖에 없었다. 다산의 여왕이 되고 싶었던 그녀의 꿈은 그렇게 멀어져 가는가 싶었다.

　　그러던 그녀에게 드디어 애인이 생겼다. 키 크고 잘생긴 연하남이었다. 그것 참 수지맞은 일이로구나 생각한 것도 잠시, 설마설마했던 일이 벌어지고야 말았다. 두 사람이 만난 지 삼 개월쯤 되었을 무렵 그녀가 결혼을 선언해버리고야 만 것이다. 나는 어른들 말씀처럼 사계절은 겪어 봐야 하는 것 아니냐며 그녀를 극구 만류해보았지만 그녀의 결심은 확고했다.

"성실하고 믿음직스러운 사람이야. 내가 많이 좋아하기도 하고. 그리고 나, 빨리 엄마 되고 싶은 거 너도 알잖아. 여기서 더 늦으면 안 될 것 같아."

한번 결정한 일은 불도저처럼 밀고 나가는 그녀임을 알기에 더는 말릴 수가 없었다. 나는 "그래, 잘 됐다. 어린 남자 만났으니까 애 다섯은 거뜬하겠는데!" 하며 그녀를 축하해주었지만, 사실은 그녀에게 거짓말을 하는 것 같아 마음이 편치 않았다.

내가 오만 가지 걱정을 하는 그 짧은 시간 동안, 그녀는 양가 상견례를 마치고 내년 봄으로 결혼 날짜를 잡아 식장을 알아보는 중이며 신혼살림을 차릴 전셋집은 이미 구한 데다가 전세자금 대출까지 받았단다. 아이고, 숨차.

"낡고 좁은 다세대 주택이기는 한데 앞으로 조금씩 늘려나가야지 뭐. 언제쯤이면 대출금 다 갚고 아파트 살 수 있는지 문서로 정리해 놨어. 그대로 움직이기만 하면 돼."

그녀의 당찬 목소리가 수화기를 뚫고 나왔다. 컴퓨터 앞에 앉아 자판을 우당탕퉁탕 때려가며 자신의 미래를 설계하는 그녀의 모습이 떠올라 픽 웃음이 났다. 그래, 박력 있는 그녀는 잘 살 수 있을 것이다. 정말 그러리라 생각한다. 그나저나 얼른 식장을 잡아야 할 텐데. 봄이면 결혼 성수기라 벌써 예약이 꽉 찼을 수도 있단 말이지. 얘는 이렇게 중요한 문제를 빨랑빨랑 해결해야지 뭘 이렇게 꾸물대고 있는 거야. 아휴, 급하다 급해!

크리스마스 다음 날

아무런 약속 없이 집을 나섰다. 가슴이 답답해서 무작정 걸었다. 무릎까지 내려오는 두툼한 패딩 점퍼에 목이 긴 부츠로 중무장을 했는데도 한겨울 칼바람이 온몸을 저민다. 이 골목 저 골목 정처 없이 쏘다니다 보니 어느덧 거리에 어스름이 내렸다. 어둠이 짙어질수록 불 밝힌 상점들은 빛나고, 그 앞을 무심히 지나쳐 보려 해도 유리창 속 풍경에 자꾸만 눈길이 가닿는다. 잘 차려입은 사람들이 모여앉아 먹음직스러운 음식을 나누어 먹는데, 뭐가 그리 즐거운지 웃고 손뼉 치며 야단법석을 떠는데, 빨간 리본으로 장식한 선물을 주고받으며 감격스러운 표정을 짓는데. 나와는 멀게만 느껴지는 훈훈한 모습에 성냥팔이 소녀라도 된 것처럼 괜스레 서글퍼진다.

　모두가 행복해 보이기만 하는 연말에 나만 홀로 지지리 궁상을 떠는 이유는, 이룬 것 없이 일 년을 허비했다는 자괴감 때문이다. 그래도 찬찬히 따져 보면 잘한 일 하나쯤은 있지 않을까 싶어 지나온 한 해를 자문해본다. 성에 찰 만큼 열심히 일했습니까? 아니요. 한다고 했는데 제대로는 못한 것 같습니다. 그렇다면 돈이라도 많이 모았습니까? 아니요. 버는 족족 싹 다 써버려서 땡전 한 푼 남은 게 없습니다. 아니 그럼, 잘생긴 남자랑 가슴 절절한 연애라도 했습니까? 그… 그럴 리기요…. 아무리 생각해보아도 무엇 하나 야무지게 해낸 것이 없다. 하루하루 어영부영 여차여차 지내다 보니 나도 모르는 사이 올해의 끝자락에 서게 되어버린 것이다. 쯧쯧, 한심하기도 하여라. 아무래도 온 우주에서 제일 못난 사람은 다름 아닌 내가 아닐까 싶다.

　한없이 초라해지는 스스로를 위로할 만한 말을 떠올려 본다. 좀 있어 보이게 명사의 그럴싸한 명언 같은 게 생각나면 좋으련만, 귀에 못이 박이게 들어왔던 아빠의 명언

2부. 전기장판 위의 수석

아닌 명언만이 머릿속을 뱅뱅 맴돈다.

> "애, 장동건이라고 똥 안 싸고 방귀 안 뀌는 줄 아
> 니? 제아무리 젠체하는 인간이라도 까놓고 보면 다
> 거기서 거기여. 이 세상에는 더 잘난 사람도 더 못
> 난 사람도 없다 이 말이야. 아버지가 무슨 소리 하
> 는지 알아먹어?"

다소 교양 없긴 하지만 아빠의 말을 속으로 몇 번이고
되뇌어 본다. 장동건도 똥 싸고 방귀 뀐다. 장동건도 똥 싸
고 방귀 뀐다. 장동건도 똥 싸고 방귀 뀐다아아아! 그래, 다
른 사람들이 나보다 잘났으면 얼마나 잘났게. 어차피 다들
똥 싸고 방귀 뀌는 인간에 불과한걸. 이렇게 생각하니 조금
이나마 마음이 놓인다.

개폼 그만 잡고 얼어 죽기 전에 집에나 가야지. 길었
던 방황을 끝내고 발걸음을 돌려 집으로 향하는데 하늘에
서 펑펑 눈이 쏟아지기 시작한다. '웬 눈이 내리고 난리야.
우산도 안 가지고 나왔는데 짜증 나게.' 나의 투덜거림에는

아랑곳하지 않고 눈발은 더욱더 굵어진다. 기운 없이 축 처진 나의 어깨에 하얀 눈이 토닥토닥 내려앉는다.

"어이! 네가 많이 부족했던 건 사실이지만 그래도 한 해 동안 수고 많았어. 이만하면 잘한 거야. 정말 잘 해낸 거라고."

차갑지만 따뜻한 눈송이가 지친 나를 어루만져주는 듯하다. 바쁘게 거리를 걷는 사람들의 머리 위로, 잎을 떨구고 앙상해진 가로수 나뭇가지 위로, 행인들의 시선을 피해 이리저리 몸을 숨기는 길고양이의 여린 등 위로, 모두 사느라 고생했다고 하얀 눈이 자꾸만 사뿐사뿐 내린다.

안티에이징

　　카페 유리창에 얼비치는 제 모습을 힐끗힐끗 쳐다보는 친구에게 맨날 보는 얼굴 뭐가 그렇게 궁금해서 자꾸만 들여다보냐고 핀잔을 줬다. 그녀는 "나 뭐 달라진 거 없어?" 하고 나에게 물었다. 나는 숨은그림찾기라도 하는 것처럼 친구의 외양을 샅샅이 살펴보았지만 어디가 변했다는 건지 당최 알 수가 없었다.

　　"여기 봐봐, 여기."

　　정답을 알려주겠다는 듯 내 눈앞으로 들이민 그녀의

정수리에는 하얗게 센 머리카락 몇 가닥이 뾰족 돋아나 있었다. 새치 좀 난 걸 가지고 웬 호들갑이람? 내가 대수롭지 않게 여기자 그녀는 내일모레 관 뚜껑을 닫고 들어가기라도 할 것처럼 죽상을 지으며 말했다.

"이게 바로 노화의 시작이야. 이래서 어디 남자나 만나겠냐. 더 늦기 전에 남들처럼 관리해야겠어."

급한 대로 흰머리를 싹 뽑아버려야겠다며 화장실에 갔던 그녀가 난데없이 회춘하여 돌아왔다. 싱그러운 웃음이 번진 그녀의 얼굴은 거짓말 조금 보태서 열 살은 더 어려 보였다.

"뭐야, 갑자기?"

고개를 갸우뚱하며 미소의 근원을 묻는 나에게 그녀가 들려주는 이야기는 이러했다. 화장실 입구에서 웬 남자가 자기를 기다리고 있었단다. 카페에 앉아계신 걸 봤다, 그쪽이 마음에 든다, 연락처를 알고 싶다며 대뜸 휴대폰을 내밀더란다. 손사래를 치며 한사코 거절했지만 끈질기게 쫓아오는 탓에 못 이기는 척 전화번호를 알려줬다나 뭐라나. 못마땅한 목소리로 "잘생겼어?" 하고 내가 묻자 그녀는 나를 속물 취급하며 거북이를 닮기는 했으나 그게 뭐 대수냐고 반박했다. 한껏 달아오른 그녀에게 찬물을 끼얹는 것 같아 더는 대꾸하지 않았지만 아무래도 나는 그 사람이 별로다.

낯선 남자가 다가와 연락처를 물으면 가슴이 설레던 때가 내게도 있었다. 지구상에 존재하는 많고 많은 사람 중 우리 둘이 이렇게 우연히 만나 인연을 맺게 되다니, 이건 운명이야! 영화 속 여주인공이 된 것 같은 착각에 휩싸이기도 했다. 하지만 그들과 여러 번 만나고 헤어져 본 지금은 생각이 바뀌어도 너무 바뀌었다. 도대체 머릿속에 뭐가 들었으면 스치듯 지나가는 여자를 붙잡고서 다짜고짜 전화번호를 달라고 할까? 섣불리 결단 내리기에는 표본이 다소 부족할지도 모르겠지만, 이런 부류의 남자는 여자를 무지하게 밝히는 것은 물론 꼴리는 대로 행동하는 충동적인 성향의 소유자이며, 자기가 되게 멋있는 줄 아는 '왕자병'

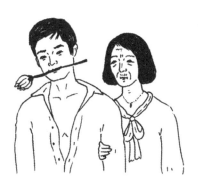

말기 환자임이 분명하다고 나는 강력히 주장하고 싶다.

그로부터 얼마 지나지 않아 혼자서 그 카페를 찾은 나
는 친구와 비슷한 경험을 하게 되었다. 화장실에 가는데 웬
거북이처럼 생긴 남자가 나를 따라와 연락처를 물은 것이
다. 나는 그에게 내 전화번호를 알려주는 대신 그의 명함을
요구하며 추후에 연락을 드리겠노라 말했다. 그러고는 친
구에게 재깍 전화를 걸어 이 거북이와 그 거북이가 같은 거
북이인지 전화번호를 대조해보았다. 그 결과는요! 역시 동
일한 거북이의 소행인 것으로 판명이 나고야 말았다. 친구
는 기가 막혀 헛웃음을 치다가 돌연 노여워하며 울분을 토
하다가 이내 몹시 속상했는지 울먹거렸다. 나는 그런 친구
를 달래주기 위해 위로의 말을 건넸다.

"너 다행인 줄 알아. 만약에 그 남자랑 만났으면
속 썩어서 폭삭 삭았을걸? 그런 양아치랑 안 엮이
는 게 세상에서 제일 효과 좋은 노화 방지야. 내 말
이 맞지?"

벚꽃택시

　　세상에서 제일 싫은 것이 무어냐 물으신다면 주저 없이 '출근'이라 대답하겠다. 낯선 사람들과 몸을 부대껴야만 하는 지하철도, 나도 모르게 경보 선수처럼 뛰듯이 걷게 되는 환승역도, 개찰구를 향해 계단을 오를 때 필연적으로 마주해야 하는 수백 명의 씰룩이는 엉덩이까지도. 어느 하나 싫지 않은 것이 없다. 언제까지 이렇게 살아야 하나. 평생이라 생각하면 눈물이 다 났다. 이 모든 상황이 지겨워 미쳐 돌아버릴 지경이었던 어느 날, 나는 택시를 잡아탔다. 내가, 어! 돈 벌어서 말이야, 어! 이럴 때 안 쓰면 또 언제 쓰겠어! 아등바등 고생하는 나를 위해 작은 사치를 부리고 싶었다.

"을지로입구요."

인사 한마디 건네지 않고 목적지만 덜렁 말하는 나에게, 기사님은 어느 길로 가겠느냐 친절하게 물으셨다. 서울에 상경한 지 십 년이 넘었지만, 늘 지하철만 타고 다닌 탓에 한강을 가로지르는 그 많은 다리가 어디로 어떻게 이어지는지 전혀 알지 못하는 나였다. 나는 아무 데로나 알아서 가달라고 대답하며 의자에 몸을 파묻었다.

"날이 참 좋으네요. 벚꽃놀이는 다녀왔어요?"

벚꽃? 벚꼬오오오옷? 꽃 같은 소리 하고 있네. 먹고 살기도 바빠 죽겠는데 벚꽃은 무슨 벚꽃이람. 기사님의 질문이 귀찮게만 느껴졌다. 나는 시간이 없어서 그러지 못했다고, 피곤해서 잠 좀 자야겠다고, 도착하면 깨워달라고 말하며 눈을 감아버렸다.

"여의도 쪽으로 해서 어쩌고저쩌고 해가지고 이렇게 저렇게 갈게요."

기사님의 목소리가 귓가에 아득하게 들려왔다. '그러거나 말거나 내가 알 게 뭐야. 말이나 안 걸었으면' 마음속으로 투덜거리며 잠을 청했다.

얼마나 지났을까. 나를 부르는 기사님의 목소리에 눈을 떴다. 벌써 다 왔나? 비몽사몽에 가방을 뒤져 지갑을 꺼내 드는데 기사님이 웃으며 말씀하셨다.

"아니, 그게 아니고. 바깥 좀 내다보라고. 벚꽃이 아주 활짝 피었다니까."

택시는 벚꽃이 흐드러지게 피어난 길을 달리고 있었다. 꿈이여 생시여. 여긴 어디고 나는 누구여. 나는 어안이 벙벙한 표정으로 룸미러 속 기사님을 쳐다봤다.

"아가씨 벚꽃 보라고 일부러 여의도로 왔어요. 바쁘게 일하는 것도 좋지만 이런 것도 보면서 살아야지. 이 꽃 며칠 못 가서 다 져버린다고."

나는 창문에 머리를 기댄 채 멍하니 벚꽃을 바라봤다. 하늘은 파랬고 벚꽃은 하얬다. 예뻤다. 정말 예뻤다. 이렇게 예쁜 걸 여기에 두고 일하러 간다는 게 억울할 만큼이나. 우리는 벚꽃길을 지나 이름 모를 다리를 건너 목적지에 도착했다. 길에 대해 아무것도 모르는 무지렁이 같은 나였지만 빠른 길을 두고서 멀리 돌아온 것쯤은 알았다. 바가지였다. 아주 낭만적인 바가지.

몇 해 전의 일이지만 그날의 풍경은 여전히 선명하다. 내 생에 다시 없을 아름다운 날이었다. 바가지를 옴팡 써도 좋으니 그 기사님을 한 번만 더 만났으면 싶다.

"아가씨, 올해도 벚꽃 구경 못 했어요? 여의도로 갈까?"

달콤한 그 목소리가 그립다. 오늘은 오래간만에 택시를 타야겠다. 그리고 내가 먼저 말해봐야겠다.

"기사님, 광화문 교보문고 가려고 하는데 여의도 쪽으로 해서 벚꽃 좀 보면서 가면 안 될까요?"

기사님은 호구를 잡았다며 얼씨구나 좋아하실 것이고 나는 마음 편히 벚꽃을 구경하니 나름대로 좋을 것이다. 이 얼마나 흐뭇한 봄날이란 말인가.

만병의 원인

친구가 실연당했다. 그녀의 말에 따르자면 여느 때와 다름없이 맛있는 음식을 먹고, 재미있는 영화를 보고, 집 앞까지 바래다주며 웃는 낯으로 손까지 흔들어놓고서는, 그날 밤 전화로 다짜고짜 이별 통보를 했단다. 눈물을 뚝뚝 흘리며 왜냐고 이유를 묻는 그녀에게 남자는 "그럼 건강히 잘 지내"라는 동문서답만 남긴 채 전화를 끊어버렸다고 한다. 그녀는 아무리 생각해보아도 본인이 버려진 이유를 모르겠다며 괴로워했다. 그녀가 차인 까닭은 그녀를 차버린 남자만이 알고 있을 것이다. 그러나 두 사람의 이별 사유를 내 나름대로 추측해보자면 남자에게 다른 여자가 생겼든지, 아니면 남자에게 다른 여자가 생겼든지, 그것도 아니

라면 남자에게 다른 여자가 생겼을 것이다. 뭐 어쨌거나 석
달간의 불같은 연애 끝에 그녀는 다시 혼자가 되었다.

친구는 속상한 마음을 달랠 길이 없어 마시지도 못하
는 술을 진탕 퍼마셨단다. 쓰린 속을 연신 문지르며 한숨을
내쉬는 그녀에게 내가 해줄 수 있는 건, 세상에 널린 게 남
잔데 뭐가 걱정이냐, 나는 걔 처음부터 마음에 안 들었다,
나중에 생각해보면 그딴 놈 때문에 울고불고했다는 게 쪽
팔릴 거다, 하는 뻔한 말로 그녀를 위로해주는 일뿐이었다.
그녀는 내가 하는 말끝마다 그러게, 맞아, 내 말이 그 말이
야, 하며 맞장구를 쳤다. 나는 마지막으로 이 말 한마디를
덧붙이며 고리타분함의 정점을 찍었다.

"야, 시간이 약이라잖아. 힘들어도 좀 참아 봐."

그녀는 그리 해보겠다는 듯 고개를 주억거리며 엷게
웃었다. 그러나 사실, 우리는 안다. 만병통치약이라는 그놈
의 시간은 더럽게도 천천히 흘러서 약발 또한 그만큼이나
더디게 듣는다는 불편한 진실을 말이다.

　사람들은 연애를 행복으로 가는 지름길인 양 떠들어 대지만 아니, 연애는 건강에 해로운 것이 분명하다. 그동안 몇 차례의 만남과 이별을 거듭하며 몸소 경험하고 느낀 바이다. 돈과 시간, 몸과 마음을 몽땅 쏟아부어 순간의 설렘을 즐기고 나면 정신과 육체에는 회복하기 어려운 고통만이 남는다. 병원에 간다고 해서 나을 수 있는 것도 아니니 그야말로 미치고 팔짝 뛸 노릇이다. 그저 두고두고 후유증을 겪으며 병색이 옅어지기를 기다리는 수밖에. 그러므로 그럴 수만 있다면 우리는 애초에 연애 따위 시작하지 않는 게 좋다. 사랑에 빠지지 않는다면 그로 인해 상처받을 일 역시 생기지 않을 테니 결국에는 아픔 없는 삶을 살아갈 수 있을 것이다. 이러한 연유로 나는 연애를 기피한다. 쓸데없이 아프기 싫다. 항상 건강했으면 한다.

　그러나 문제는 마냥 그럴 수가 없다는 사실이다. 내 마음은 어디까지나 나의 것이지만 얄궂게도 그게 영 내 마음대로 되지 않기 때문이다. 말로는 깍쟁이인 척은 다 하면서 친구의 연애에 감 놔라 배 놔라 하고 있지만, 친구는 연애 박사의 주옥같은 강의라도 듣는 듯 나의 이야기에 귀 기울이고 있지만, 사실은 이런 나 역시 누군가의 전화를 기다리고 있는걸. 친구와 바쁘게 수다를 떠는 와중에도 울리지 않는 휴대폰을 흘끔흘끔 쳐다본다. 도통 밝아질 기미가 보이지 않는 검은 화면을 보니 무언가 가슴에 콱 얹힌 것처럼 답답하기만 하다. 그이의 목소리만 듣는다면 체증이 싹 가실 것 같은데. 내가 싫어지기라도 한 걸까? 마음이 불안하고 초조하다. 이것 봐. 역시나 연애는 건강에 해롭잖아.

누구 개

옆집에는 개 한 마리가 산다. 그러나 나는 그 개가 푸들인지, 치와와인지, 요크셔테리어인지, 아니면 그 이름도 정겨운 누렁이인지 알지 못한다. 내가 집 밖으로 잘 나가지 않는 탓이기도 하겠으나 그 개 역시 나만큼이나 바깥출입을 하지 않는 모양으로, 우리는 단 한 번도 마주친 적이 없다. 나야 내 자유의지로 집안에 콕 박혀 있는 것이지만 그 개는 나와 상황이 사뭇 다르다. 아무리 외출을 하고 싶다 하더라도 "어험, 날도 쾌청한데 동네나 한 바퀴 돌아볼까?" 하며 현관문을 스스로 열고 나올 수 없는 노릇 아닌가. 그러므로 옆집 개가 은둔 생활을 하는 이유는 그 개의 주인이 산책을 시키지 않기 때문이라는 결론을 내릴 수 있겠다. 개라면 사족을 못 쓰는 나는 녀석의 얼굴이 몹시도 궁금하다.

옆집 개를 본 적이 없듯 그 집에 사는 사람과도 일면식이 없다. 매일 아침 하이힐을 또각거리며 분주하게 집을 나서는 소리만으로 굉장히 바쁜 직장 여성일 것이라 짐작할 따름이다. 그녀가 출근을 하고 나면 개는 홀로 조용히 집을 지킨다. 그렇게 입도 벙긋하지 않고 하루를 보내던 녀석은 아주 늦은 저녁, 예의 그 하이힐 소리가 복도에 울려퍼지면 그제야 서럽게 울기 시작한다. 깨개개갱, 깨개개갱, 깨갱, 깨개애애애애애앵- 짖는 게 아니다. 분명 운다. 사람인 내가 개의 언어를 이해할 재간은 없으나 그저 느낌대로 통역해보자면 "이 망할 인간아! 어딜 갔다가 인제야 기어들어 오는 거야! 아이고, 내가 정말 서러워서 살지를 못하겠다! 이럴 바에야 그냥 콱 죽어버리고 말지!" 하고 말하는 것 같다. 울고 또 울어도 가슴에 맺힌 한이 풀리지 않는다는 듯, 매일매일 반복되는 녀석의 울부짖음은 날이 갈수록 깊어져만 간다.

언젠가 옆집 여자를 만난다면 꼭 묻고 싶다. 도대체 무슨 연유로 개를 키우는 거냐고. 대답이야 여러 가지일 것이다. 혼자 살기 무섭고 심심해서, 살아있는 따뜻한 것을 안고 싶어서, 깨물어주고 싶을 만큼 귀여워서, 배신하는 법 없이 언제나 나만 바라봐 줘서 등등. 사실은 나 역시 그러한 이유로 개를 기르고 싶다. 그러나 차마 그리하지 못하고 남의 개 사진만 백날 들여다보는 이유는 나의 외로움을 달래기 위해 개를 이용할 수 없기 때문이다. 개는 인간을 위한 소모품이 아니다. 사람처럼 기쁨과 노여움과 슬픔과 즐거움 모두를 느낄 줄 아는 어엿한 생명체란 말이다. 사람들은 왜 자꾸만 그걸 잊는 걸까? 아니면 알면서도 외면하는 걸까? 어느 쪽이든 이기적인 건 마찬가지다.

그러나 며칠 전, 쓰레기를 버리러 나가다가 마침내 맞닥뜨린 옆집 여자에게 나는 아무것도 묻지 못했다. 서로를 처음 본 우리는 잠시 당황했으나 이내 어색한 미소를 지으며 눈인사를 나눴다. 그녀는 양손에 쓰레기 봉지를 든 나를 대신해 엘리베이터 버튼을 누르며 말했다. "저희 집 개가 좀 시끄럽죠? 죄송해서 어떡해요." 나한테 죄송할 게 아니라 당신 개한테나 죄송하세요, 라는 말이 목구멍까지 차올랐지만 나는 그저 "괜찮아요"라고 대답할 수밖에 없었다. 나는 정말 보고 싶다. 푸들일지, 치와와일지, 요크셔테리어일지, 아니면 누렁이일지도 모르는 옆집 개의 얼굴을 말이다. 하나 애석하게도, 바빠 죽겠다는 듯 손목시계를 연신 들여다보는 그녀에게서는 개를 산책시킬 마음 따위 전연 엿보이지 않는다.

거북이 구조 특공대

죽기 전에 꼭 해보고 싶은 일이 세 가지 있다. 첫 번째는 광화문에 집을 사는 것이다. 그러나 내가 저축하는 속도보다 집값 오르는 속도가 몇 곱절은 더 빠를 테니 일찌감치 꿈 깨는 게 속 편할지도 모르겠다. 두 번째는 눈만 마주쳐도 황홀경에 빠질 만큼 잘생긴 남자와 사귀어 보는 것이다. 하지만 그런 미남이 나를 만나줄 리 없으니 다음 생에 절세미인으로 태어나기를 간절히 기원해본다. 대망의 세 번째는 멕시코에 위치한 바다거북 부화장에 봉사활동을 가는 것이다. 바다거북이 해변에 낳아놓은 알을 밀렵꾼들이 호시탐탐 노리기 때문에 안전한 장소로 옮겨 부화를 도와야 그들의 멸종을 막을 수 있단다. 비행기 표만 사면 내일이라

도 당장 떠날 수 있으니 앞선 두 가지 일보다 실현 가능성
이 높기는 하지만, 게으르기로 둘째가라면 서러운 나에게
는 이마저도 요원한 일이다.

내년에는 갈 수 있겠지. 아니면 후년에라도 가면 되
고. 사실 안 가도 그만이지, 뭐. 먹고 살기도 바빠 죽겠는데
어느 세월에 멕시코까지 가고 자빠졌담. 그렇게 바다거북
과의 만남을 미루고 또 미루기를 벌써 수년째. 이런 내가
갑갑했는지 저 멀리 바다 건너에서 거북이가 먼저 뉴스를
전해왔다. 텔레비전 화면 속 바다거북은 몹시 지쳐 보였다.
그의 작디작은 콧구멍에는 정체불명의 물체가 깊숙이 박
혀 있었는데 그 때문인지 호흡이 곤란한 모양이었다. 사람
들이 그걸 뽑아내려 할 때마다 바다거북은 짧은 다리를 파
닥이며 소리 없는 비명을 질러댔다. 새빨간 코피가 거북이
의 매끈한 인중을 타고 주르륵 흘러내렸다. 악전고투 끝에
가느다란 막대가 쑥 빠져나왔다.

"이게 뭐지? 오 마이 갓! 혹시 빨대야? 지저스!
이거 망할 플라스틱 빨대가 아니라고 누가 좀 말

해줘!"

사람들은 경악했고 거북이는 한숨지었다.

　　죄책감이 해일처럼 들이닥쳤다. 취미라고는 카페에 가는 것밖에 없는, 그리하여 하루에도 석 잔씩 커피를 마시는, 그러는 동안에 그 누구보다도 많은 플라스틱 빨대를 소비했을 나다. 내가 무심코 버린 빨대가 바다로 흘러 들어가 거북이의 콧구멍에 콱 꽂혀버렸을지도 모르는 일이었다. 나는 바다거북의 알을 훔치는 밀렵꾼만큼이나 치사하고 더러운 인간이었던 것이다. 부끄러움에 몸서리가 쳐졌다. 그리고 곧 생각에 잠겼다. 맥주를 마실 때는 병나발을 잘도 불면서 커피를 마실 때는 굳이 빨대를 사용하는 이유가 무엇이란 말인가. 나의 모순된 행동을 스스로가 납득할 수 없었다. 그래, 이건 습관에 불과하다. 그것도 당장에 버려야만 하는 아주 막돼먹은 습관.

　　유일한 취미생활을 포기할 수는 없으므로 오늘도 카페에 들르기는 들렀다. 하지만 어제와 달라진 건, 음료를

주문하면 으레 딸려 나오는 플라스틱 빨대를 직원 쪽으로 슬며시 밀어놓고는 유리잔에 담긴 커피만 받아왔다는 점이다. 빨대 없이 커피를 벌컥벌컥 들이켜자 시원한 기운이 입안 가득 퍼졌다. 나 비록 멕시코에는 가지 못했지만 이 머나먼 대한민국 땅에서 바다거북 한 마리를 구해냈노라! 가슴속 깊은 곳에서부터 뿌듯함이 차올랐다. 사람들은 거북이의 사정을 알까. 아니면 알면서도 애써 모르는 척하는 것일까. 저마다 자리에 앉아 빨대를 물기 위해 한껏 오므린 그들의 입이 그렇게도 옹졸해 보일 수 없었다. 자기밖에 모르는 저 이기적인 주둥이 같으니라고. 못났다. 참 못났어.

직선과 곡선

　'직선'이라는 이름으로 오랫동안 글을 써왔다. "직선적인 글을 써서 직선인가요?"라고 묻는 누군가의 말에 "어, 저기, 그러니까… 뭐 그렇다고 할 수 있겠죠"라고 어물쩍 대답했지만 사실은 전혀 그렇지 않다. 이건 나의 친구가 지어준 별명이다. 만약 그녀가 나를 '젓가락'이라 칭했다면 아마 나는 젓가락으로 살아왔을 것이다. 그녀와 나는 고등학교 동창이다. 마음이 잘 맞았던 우리는 쉬는 시간마다 쉴 새 없이 수다를 떨었고, 그걸로도 모자라 수업 시간에는 편지를 썼다. 내용은 전혀 생각나지 않지만 서로의 글이 너무 재미있다며 등짝을 때려가며 웃었던 것만은 분명히 기억한다. 우리는 어른이 되면 출판사를 차리기로 약속했다.

"너는 키가 크고 말랐으니까 직선, 나는 키가 작고 통통하니까 곡선. '직선과 곡선 출판사' 어때?"

그렇게 나는 '직선'이 되었다.

애석하게도 우리는 서로 다른 대학에 진학하면서부터 점점 멀어지기 시작했다. 별다른 약속을 하지 않아도 학교에만 가면 당연히 볼 수 있었던 그녀를 시간과 장소를 잡아가며 만나는 일은 생각만큼 쉽지 않았다. 그랬던 것이 직장에 다니면서 사는 일에 치이다 보니 이제는 거의 만나지 않게 되어버린 것이다. 메신저로 대화를 나누며 근근이 관계를 이어오기는 했지만, 너무나 달라진 서로의 생각에 가끔은 언쟁을 벌이기도 했다. 그런 일을 몇 번 겪고 나니 그녀를 만나기가 더욱 꺼려졌다. 그나마 남아있던 우정마저 산산이 깨어질 것만 같았기 때문이다. 추우니까 봄이 오면 만나자. 생일이 얼마 안 남았으니까 생일에 만나자. 그럴 일은 없겠지만 결혼이라도 하게 되면 식장에서 만나자. 괜한 농담을 건네며 차일피일 만남을 미루기만 했다.

그런데 농담이 현실이 되었다. 그녀가 결혼을 하게 된

것이다. 모바일 청첩장이면 충분하다는 나에게 그녀는 굳이 청첩장을 직접 주고 싶다며 만남을 청해왔다. 그렇게 우리는 삼 년 만에 얼굴을 마주했다. 예상했던 것보다 훨씬 서먹했다. 절대로 떨어지지 않을 것처럼 팔짱을 꼭 끼고 다니던 예전의 모습은 온데간데없이, 우리는 각자의 주머니에 손을 쿡 찔러넣고 길을 걸었다. 프러포즈는 어땠는지, 결혼식은 어디서 하는지, 신혼집은 구했는지. 묻고 싶은 것이 너무나 많았지만 혹시나 실례되는 질문이 아닐까 싶어 말을 아낄 수밖에 없었다. 하지만 함께한 세월의 힘은 생각보다 강했다. 밥 한술, 술 한잔에 어색함이 사르르 녹아 없어지자 그동안 참아왔던 이야기가 와르르 쏟아져 나왔다. 우리는 서로에게 더는 궁금할 게 없을 때까지 이야기를 나누고 또 나누었다.

집으로 향하는 길, 친구가 나에게 슬며시 팔짱을 꼈다. 순간 뭉클했던 것이 내 옆구리 살이었는지 내 마음이었는지는 말하기에 쑥스러우니 나만 알고 있으련다. 아마 우리는 앞으로도 자주 만나지 않을 것이다. 혼자에서 둘이 된 그녀는 전보다 훨씬 바빠질 것이기 때문이다. 게다가 우리는 앞으로도 꽤나 싸워댈 것이다. 그녀는 인생 선배랍시고 나에게 이런저런 잔소리를 늘어놓을 테고, 나는 듣기 싫은 소리를 하는 그녀에게 짜증 낼 것이 분명하기 때문이다. 하지만 나는 안다. 그럼에도 우리는 이렇게 가끔 만나 웃고 떠들 거라는 사실을 말이다. 왜냐하면 우리는 직선과 곡선, 떼려야 뗄 수 없는 사이니까.

쪼꼬렛뜨

우리 형부는 작은 카페를 한다. 카페 사장을 형부로 둔 덕에 커피 한 잔을 시켜 놓고 가게 한구석에 온종일 죽치고 있어도 눈치 볼 필요가 없다. 형부는 내가 커피값을 내려고 해도 한사코 거절한다.

"처제한테 어떻게 돈을 받아. 돈은 됐고, 그냥 몸으로 때워."

그리하여 일손이 부족한 날에 설거지나 서빙 같은 자질구레한 일을 돕는 것으로 형부의 은혜에 보답하곤 한다. 곰곰이 따져보면 내가 마신 것 이상으로 노동을 하는 것 같기는 하지만 별다른 불만은 없다. 내내 책상머리에 붙어 앉아 글을 쓰고 그림을 그리다 보면 진절머리가 나기 마련인데, 그럴 때 몸을 움직여 사람들과 부대끼면 나름대로 기분 전환이 되기 때문이다.

지난주에도 평소와 다름없이 가게에 나가 글을 좀 끼적여 보려 노트북을 펼쳤다. 그러나 좀처럼 글감이 떠오르지 않았다. 한참을 딴청만 부리며 시간을 죽이다가 '노느니 형부 일이나 돕자' 하는 마음이 들어 자진해서 계산대 앞에 섰다. 얼마 지나지 않아 한 손님이 문을 열고 들어왔다. 그는 가게 안을 두리번두리번하면서 무언가를 찾는가 싶더니 초콜릿은 어디에 있냐고 나에게 물었다. "죄송하지만 저희 가게에 초콜릿은 없…" 하고 내가 대답하는 순간, 얼굴 가득 영업용 미소를 띤 형부가 불쑥 나타나 나의 말을 가로챘다.

"화이트, 밀크, 다크 초콜릿 중에 어떤 걸로 드릴까요? 천 원만 추가하시면 선물 포장도 예쁘게 해드려요."

알고 보니 그날은 초콜릿이나 사탕 따위를 주고받으며 서로의 마음을 확인한다는 '화이트데이'였다. 특수를 노린 형부가 며칠 전부터 초콜릿을 팔기 시작한 걸 나만 모르고 있었던 것이다.

나는 초콜릿을 팔았다. 물 마실 틈도, 화장실 갈 새도 없이 초콜릿만 팔았다. '다들 얄팍한 상술에 놀아나고 있는 거야. 어리석은 인간들.' 속으로 씨부렁거리면서도 화이트, 밀크, 다크 초콜릿을 고루고루 많이도 팔았다. 저녁이 다 되어 지원군인 아르바이트생이 출근하고 나서야 비로소 한숨을 돌릴 수 있었다. 기진맥진한 나는 자리에 털썩 주저앉아 초콜릿을 사 가는 사람들을 멍하니 바라보았다. 드나드는 속도가 너무 빨라 곤죽처럼 보이던 손님들의 얼굴이 그제야 하나하나 눈에 들어왔다. 엄마에게 선물할 거라며 교복 주머니에서 꼬깃꼬깃한 지폐를 꺼내는 고등학생, 직원들에게 한턱내겠다며 초콜릿 서른 상자를 양손 가득 들고 가는 어느 회사 사장님, 술 한잔 얼큰하게 걸치고 집으로 가던 길에 할망구 생각이 났다며 '쪼꼬렛뜨'를 달라는 할아버지. 제각기 다른 생김새를 지녔지만 그들 모두의 표

2부. 전기장판 위의 수색

정은 은근히 달떠 보였다.

　사람들 참 귀엽다. 안 그래도 먹고 살기 바빠 죽겠는데, 발걸음을 멈추어 이 작은 가게에 굳이 들어와, 온갖 수모를 겪어가며 피땀 흘려 번 돈으로, 사랑하는 누군가를 기쁘게 해주려 초콜릿을 사 가지고서, 총총거리며 그이를 향해 걸어가는 모습이라니. 다들 자기밖에 모르는 것처럼 이기적으로 굴 때가 태반이기는 하지만, 가슴 한편에는 남을 위할 줄 아는 깜찍한 마음이 자리 잡고 있는 것이다. 사람들은 알까? 자기들이 얼마나 귀여운 인간인지를 말이다.

　　"처제, 오늘 매상 굿!"

　형부가 금니를 반짝 내보이며 귀엽게 웃었다. 그래, 상술이면 뭐 어때. 모두가 행복하면 그걸로 됐다.

잘 지내니?

　나의 대학 동기였던 그 애는 강아지처럼 내 뒤를 졸졸
쫓아다녔다. 나와 수강신청을 똑같이 하는 것은 물론, 내가
도서관에 가면 도서관에 따라오고 화장실에 가면 화장실
코앞까지 바래다주었으며 불량 학생인 나와 함께 수업을
땡땡이치는 일은 부지기수였다. 그 애가 나에게 사랑을 고
백한 적은 없지만, 나는 녀석이 나를 향해 연정을 품고 있
다는 걸 알고 있었다. 나는 그 애가 좋지도 싫지도 않았다.
뭐, 솔직히 말하자면 조금 끌렸던 것 같기도 하다. 에이, 아
니다. 이제 와서 웬 내숭. 사실은 나도 나만 바라봐주는 그
애가 무척이나 마음에 들었다. 하지만 나는 군대에 간 남자
친구를 기다리던 '고무신'이었기에 그 애에게 일부러라도

새침하게 굴 수밖에 없었다.

기나긴 기다림에 지쳐가던 어느 따스한 봄날, 그 애가
나에게 말했다.

"여의도에 가면 벚꽃 무지하게 많은데. 우리 그거
보러 갈래?"

여의도 벚꽃 축제를 뉴스로만 접했던 촌뜨기인 나에
게는 참으로 설레는 제안이었다. 무지하게 많은 벚꽃을 무
지하게 보고 싶었던 우리는 당장에 버스를 타고 여의도로
출발했다. 그러나 한 시간여를 달려 도착한 그곳의 풍경은
텔레비전에서 보던 것과는 달라도 너무 달랐다. 흐드러지
게 핀 벚꽃은 어디에도 없었고 푸른 잎사귀가 무성한 가로
수만이 줄지어 서 있을 뿐이었다.

"이상하다. 분명히 여기가 맞는데…"

그 애는 당황한 기색을 감추지 못하고 이상하다, 진짜

이상하네, 하는 소리만 연신 되뇌었다. 벤치에 앉아 우리를 지켜보던 할아버지가 허허 웃으며 한마디 거드셨다.

"학생들, 때를 맞춰 와야지. 벚꽃은 진즉에 다 졌어."

초록이 우거진 윤중로를 말없이 걷는 나의 뒤를 풀 죽은 그 애가 따라 걸었다. 나는 그 애를 흘겨보며 팩 짜증을 냈다.

"이게 뭐야. 나 집에 갈래!"

그것을 시작으로 우리는 이십 대 내내 어긋났다. 내가 혼자일 때는 그 애가 누군가를 만나고 있었고, 내가 누군가를 만나고 있을 때는 그 애가 혼자였다. 둘 다 애인이 없을 때는 편하게 만나 밥도 먹고 영화도 보며 데이트 비슷한 걸 즐기기도 했지만, 숫기 없는 우리는 손 한 번 잡아본 일이 없었다. 그렇게 '사랑보다 먼 우정보다는 가까운' 거리를 유지하며 지내던 우리는 어느새 훌쩍 자라 결혼을 생각할 나이가 되었다. 녀석만큼 나를 잘 아는 남자는 없으므로 나는 그 애를 나의 남편으로 삼아야겠다고 마음먹었다. 그러나 늘 그래왔듯, 내가 그 애에게 다가가려고 했을 때 그의 곁에는 이미 다른 여자가 있었다. 그리고 얼마 지나지 않아 두 사람은 부부가 되었다.

그 애를 절절하게 좋아하지는 않았다. 그러므로 그 애가 미치도록 그립지는 않다. 그러나 매년 벚꽃 필 무렵이 되면, 꽃잎을 떨군 벚나무 아래에서 어수룩한 표정을 짓던 그 애의 얼굴이 아른거린다. 만일 그때 우리가 여의도에 조금만 더 빨리 찾아갔었더라면, 그래서 윤중로에 벚꽃이 만발했었더라면, 꽃잎 흩날리는 그 거리를 걸으며 많은 이야기를 나눌 수 있었을 텐데. 어쩌면 지금과는 뭔가 달랐을 수도 있을 텐데. 사랑은 뭐 그리 대단한 게 아니라 그저 타이밍이 전부인가 싶다. 올해도 어김없이 벚꽃은 피고 나는 또 그 애 생각이 난다. 잘 지내고 있을까. 가끔 내 생각을 하기도 할까. 이렇게 이쁜 벚꽃을 너도 어디에선가 보고 있을까.

재혼은 미친 짓이야

결혼, 그까짓 거 대충 그냥 마음 맞는 남자랑 딴딴따 단 노래에 맞춰 식 올리고 구청에 가서 혼인신고나 하면 끝 나는 일인 줄로만 알았다. 그런데 이게 웬걸. 시월의 신부 가 될 친구의 모습을 옆에서 지켜보니 고생도 이런 고생이 또 없다. 남편감을 마뜩잖게 여기는 부모님과 투쟁하여 결 혼 승낙 받기, 양가 어르신들 비위 살살 맞춰가며 상견례 하기, 발가락 부르트도록 여기저기 쑤시고 다니며 신혼집 구하기, 바가지 씌우려 혈안이 된 결혼식장 관계자와 기 싸 움 벌이며 흥정하기 등등. 나처럼 게으른 사람은 정우성이 결혼하자고 쫓아다녀도 "아우, 저는 귀찮아서 그런 거 못 하겠어요" 하며 손사래 칠 판이다. 다행히도 나와 정반대인 바지런한 내 친구는 이 모든 고난을 씩씩하게 이겨내고 있다.

"내가 뭐 도와줄 건 없어? 필요하면 언제든지 얘기해."

그녀에게 조금이라도 보탬이 되고 싶었다.

지난 주말, 기다리고 기다리던 친구의 부름을 받은 나는 강남의 어느 웨딩드레스 숍으로 출동했다. 그녀는 여러 벌의 드레스를 입어보기에 앞서 나에게 막중한 임무를 부여했다. 사진 촬영은 금지이니 나중에 기억을 떠올릴 수 있도록 웨딩드레스를 그림으로 그려 달라는 것이었다.

"오케이, 나만 믿어!"

친구는 천군만마를 얻은 듯한 표정을 지으며 커튼 뒤로 사라졌다. 얼마간의 시간이 흐른 뒤 다시 내 앞에 나타난 친구는 왈가닥 소녀에서 순백의 신부로 변모해 있었다.

그녀가 살랑살랑 몸을 움직일 때마다 보석 박힌 왕관과 새하얀 드레스가 눈부신 빛을 내뿜었다. 디즈니 만화 영화 속 공주가 눈앞에서 살아 숨 쉬는 것만 같았다. 코끝이 찡하고 아파 오더니 이내 눈물이 주룩 흘러내렸다. 친구와 직원들은 그런 나를 보고는 안절부절못했다.

"죄… 죄송해요. 제가 워낙에 눈물이 많아서, 으흐윽!"

친구들이 하나둘 결혼을 한다. 나는 웨딩드레스를 입은 그녀들의 모습을 볼 때마다 콧물까지 흘려가며 구슬피 운다. 함께 쌓아온 추억이 주마등처럼 스치기도 하고, 나랑 더 놀아주지는 않고 웬 시커먼 남자랑 평생 붙어 다니겠다는 게 서운하기도 하고, 이제는 다른 세상의 사람이 되어버리는 것 같아 어쩐지 멀게만 느껴지기도 하고. 에, 그리고 또 뭐라고 해야 하나. 그래, 만감萬感. 그야말로 만 가지의 감정이 내 안에서 엇갈리고 뒤섞여 무어라 형용하기 어려운 느낌이 든다. 그래서인가보다. 예쁘다, 잘 살아, 행복해야 해, 하는 분명한 말 대신 애꿎은 눈물만 나오는 이유가.

그 눈물방울을 세어본다면 한 만 개쯤 되려나.

세 시간에 걸쳐 열 벌의 웨딩드레스를 입었다 벗었다
한 친구도, 왼손으로는 눈물을 훔치는 동시에 오른손으로
는 그림을 그려낸 나도 지칠 대로 지쳤다. 그녀는 나에게
맛있는 저녁을 사주며 연신 고마움을 표했다.

"야, 됐어. 당연한 일을 한 걸 가지고 뭘 그래. 내
가 또 도와줄 거 있어? 말만 해."

그러자 친구는 기다렸다는 듯 내가 해줬으면 하는 일
을 줄줄 읊어댔다. 웨딩 사진 촬영할 때 예쁘게 나올 수 있
게 웃겨주기, 작가 기질을 최대한 발휘하여 청첩장 문구 써
주기, 결혼식 때 축의금 대신 받는 '가방순이' 해주기. 친구
의 말을 잠자코 들은 후 나는 말했다.

"너 신랑이랑 싸우지 말고 사이좋게 살아야 해.
나 이 짓거리 두 번은 못 한다."

시월의 신부가 배를 잡고 웃었다.

손절매

휴대폰 화면에 알듯 말 듯한 이름이 떴다. 누구지, 누구더라, 한참을 갸웃거린 끝에 내 기억 저기 저 구석에 짜부라져 있던 그 이름의 주인을 겨우 찾아낼 수 있었다. 그녀는 나의 대학 동기였다. 학생 때 붙어 다니기는 했지만 그거야 같은 과니까 그랬던 것뿐이고, 졸업한 후로는 연락을 뚝 끊고 살았으니 거의 남이나 마찬가지라 할 수 있겠다. 그런데 뜬금없이 웬 전화람. 반갑다는 인사 대신 웬일이냐 묻는 나에게 그녀는 말했다.

"그냥 잘 지내는지 궁금하기두 하구우. 요즘 되는 일이 없어서 답답하기두 하구우."

앳된 티를 벗을 나이가 한참이나 지났음에도 예전처럼 앙앙대는 목소리는 여전했다. 정수기를 한 대 사달라고 하거나 보험에 가입해달라고 물고 늘어질 것 같아 어떤 말로 거절할까 궁리하는 찰나, 그녀는 전화의 목적을 밝혔다.

"근데 딱히 털어놓을 사람이 없더라. 옛날에 내 얘기 잘 들어줬었잖아, 너."

맞아, 그랬었지 참. 그녀는 나를 해우소처럼 여기며 온갖 근심을 쏟아내곤 했었다.

"왜 그래. 무슨 일 있어?"

내가 톡, 하고 건드리자 그녀의 해묵은 걱정거리들이 톡, 하며 터져 나왔다. 재수 없는 직장 상사가 못살게 굴어서 열불이 터진다, 애인에게 청혼을 받았는데 더 나은 사람이 나타날까 봐 결혼하기가 망설여진다, 하고 싶은 일이 따로 있어서 퇴사할까 하는데 막상 사표를 내려니 겁이 난다, 사는 게 왜 이렇게 버거운지 모르겠다, 하루하루 지친다,

힘들다, 죽겠다, 힘들어서 죽겠다. 나는 응, 그래, 그렇구나, 맞장구를 치며 그녀의 신세 한탄을 들어 주었다. 휴대폰이 뜨끈뜨끈해져 더는 귀에 대고 있기 어려울 무렵이 되어서야 통화가 끝났다. 그 후로도 종종 그녀에게서 전화가 걸려온다. 나에게 이야기를 하고 나면 속이 시원해진단다. 정말? 그렇단 말이야? 그런데 이를 어쩌면 좋지?

미안하지만, 정말로 미안하지만 나는 그녀의 고민에 관심이 없다. 어쩜 그렇게 인정머리가 없냐며 손가락질할 지도 모르겠지만 마음이 기울지 않는 걸 나더러 어쩌라고. 내 한 몸 어르고 달래 살아가기도 힘에 부치는 마당에 다른 이의 불안까지 보듬을 여력 따위 내게는 없다. 너에게는 세상 가장 심각한 일이겠지만 나에게는 하찮은 푸념으로밖에 들리지 않음을, 본인이 가진 문제를 진지하게 염려하고 해결할 수 있는 사람은 내가 아닌 너임을, 가슴속에 쌓인 쓰레기를 내다 버리듯 나에게 부정적인 말들을 쏟아붓는 걸 더는 받아줄 수 없음을 어디서부터 어떻게 설명하면 좋을까. 아니다. 다 쓸데없는 생각이다. 어차피 자기 얘기하기에 바빠 내가 말할 틈 같은 건 주지도 않을 텐데 무어.

그녀는 오늘도 나에게 전화를 한다. 그러나 나는 그녀의 이름을 애써 외면하며 휴대폰을 저만치 밀쳐놓는다. 진동 모드의 휴대폰이 부르르 몸을 떨며 빨리 전화 좀 받아보라고 앙탈을 부리는 것만 같다. 나는 잠시 망설이다가 통화 거절 버튼을 누른다. 전화가 다시 한번 왔지만 나는 역시 거절을, 또다시 전화가 걸려왔지만 나는 거듭 거절을 했다. 그녀는 내가 변했다며 나를 욕하고 다니려나. 그렇지만 예나 지금이나 변함없이 징징거리기만 하는 네가 싫기는 나도 마찬가지다. 변한 내가 나쁜 걸까, 변하지 않은 네가 나쁜 걸까. 우리 둘 중 더 나쁜 사람은 누구이려나.

아보카

형부네 카페에서는 순댓국 냄새가 난다. 향긋한 커피 내음이 감돌아야 할 카페에서 구텁지근한 돼지 잡내가 진동하는 이유는, 형부네 가게와 이웃한 곳에 국물이 끝내주기로 유명한 순댓국집이 있기 때문이다. 한때는 고린내를 폴폴 풍겨대는 그 집을 눈엣가시로 여기기도 했었지만 이제는 그런 순댓국집이 고맙기만 하다. 순댓국으로 배를 두둑하게 채운 아저씨들이 그대로 카페에 몰려와 매출을 팍팍 올려주는 까닭이다. 순댓국집에서 형부네 가게로 넘어오는 아저씨들의 표정은 하나같이 밝다. 맛있는 걸 먹고 나서 또 맛있는 걸 먹을 생각을 하니 몹시 기뻐서 그러는 것 같다. 하지만 가끔, 주눅 든 얼굴로 가게를 찾는 아저씨도 있다. 형부를 대신해 내가 카페를 지키던 어느 날에 만난 아저씨가 바로 그랬다.

손님이 한차례 휘몰아치고 빠져나간 한산한 오후, 뽀글뽀글 파마머리에 알록달록 등산복을 입은 아저씨가 카페에 들어섰다. 그는 주춤거리며 카운터로 다가와 내게 말했다.

"아니, 내가 요 옆 순댓국집 단골인데 사람들이 하도 이 집이 맛있다고 그래서…"

말끝을 흐리며 메뉴판을 살피던 아저씨는 선뜻 주문을 하지 못하고 입술만 달싹거렸다. 외계어를 방불케 하는 커피 이름에 적잖이 당황했으리라. 나는 아저씨의 고민을 덜어드리기 위해 몇 가지 메뉴를 추천했고 아저씨는 커피 아이스크림을 택했다.

"아이스크림에 커피를 부어서 숟가락으로 떠드시면 돼요."

아저씨의 두툼한 손이 나의 설명을 따라 어색하게 움직였다. 작게 한 입, 크게 두 입, 후루룩후루룩, 짭짭. 순식간에 잔을 비워버린 아저씨는 괜스레 휴대폰을 만지작거리다가, 아무 볼거리 없는 창밖을 내다보다가, 이제 더는 할 일이 없다는 듯 일어나 가게를 나서려다 말고 나에게 돌아와 물었다.

"이거 이름이 뭐랬죠?"

나는 대답했다.

"아포가토예요."

그로부터 얼마 지나지 않아 그 아저씨가 다시 가게에 오셨다. 이번엔 혼자가 아닌 다른 아저씨와 함께였다. 그는 눈썹을 크게 들썩이며 나를 알은체했다. 그러고는 신이 난 목소리로 말했다.

"그, 뭐지? 저번에 내가 먹었던 거. 아보… 뭐더

라? 그래, 아보카. 아보카 두 개 주세요."

주문을 찰떡같이 알아듣고서 아포가토를 만드는 나의
등 뒤에서 아저씨들의 말소리가 들려왔다.

"아보카가 뭐야?"
"있어, 그런 게."
"아, 뭔데!"
"일단 한번 드셔보시라니까!"

나는 정성을 듬뿍 담은 아포가토를 아저씨들께 대령
했다. 아저씨가 아이스크림에 커피를 붓고 숟가락으로 그
걸 떠먹자 또 다른 아저씨가 한 박자 늦게 그 모습을 따라
했다. 두 아저씨가 서로를 마주 보며 고개를 끄덕였다.

이제 아저씨는 우리 카페의 단골이 되었다. 재미있는
건 데리고 오는 아저씨의 수가 매번 불어난다는 점이다. 남
산만 한 아저씨들이 좁다란 소파에 끼어 앉아 아포가토를
먹는 모습을 보면 웃겨 죽겠다가도 돌연 뭉클해진다. 나는

더 많은 아저씨가 카페에 왔으면 한다. 맛난 것도 먹고 편히 쉬었다 가기도 하면 얼마나 좋아. 어렵게 생각할 것 하나도 없다. 쌉쌀한 걸 좋아하면 아메리카노, 달콤한 걸 좋아하면 바닐라 라테, 저 아저씨처럼 커피 아이스크림이 먹고 싶다면 아포가토를 주문하시라. 그까짓 커피 아이스크림이 맛있어 봤자 얼마나 맛있겠냐 따져 물으신다면 아, 글쎄 일단 한번 드셔보시라니까.

엄마를 위한 화장실

　　카페에 앉아 글 쓰는 시늉을 하며 커피 석 잔을 홀짝홀짝 마셨더니만 갑자기 볼일이 다급해져 화장실에 후다닥 뛰어갔다. 칸이 하나뿐인 그곳에는 네댓 살쯤 되어 보이는 여자애가 나보다 먼저 들어와 있었는데, 그 애는 치마를 허리까지 끌어올린 채 다리를 배배 꼬며 괴로움에 몸부림치는 중이었다. 비어있는 것 같은데 왜 저러고 있대? 고개를 빼꼼 내밀어 칸막이 안쪽을 들여다보았다. 한 뼘쯤 벌어진 문틈 사이로 녀석의 엄마인 듯싶은 여자의 뒷모습이 보였다. 허리를 수그리고서 무언가를 열심히 하고 있는 그녀의 엉덩이가 연신 씰룩거렸다. 인기척을 느낀 그녀는 혼잣말을 중얼댔다.

"어떡하지? 빨리해야겠다. 빨리빨리."

　　제 딸이 앉을 변기를 깨끗하게 닦기라도 하는 것일
까. 요즘 엄마들 참 유난스러워. 속으로 구시렁구시렁 흉
을 봤다.

　　그러나 그녀는 '빨리빨리'를 주문처럼 욀 뿐 정작 밖으
로 나올 생각은 하지 않았다. 한시가 급한 여자애가 "엄마,
엄마!" 하고 애달프게 부르는데도 그녀는 들은 체 만 체하
며 하던 일에만 열중했다. 꽈배기처럼 엉켜버린 그 애의 다
리를 지켜보고 있노라니 내 마음이 조마조마해졌다. 참다
못한 내가 신경질적으로 똑똑 노크를 하며 "저기요. 얘 싸
겠어요!" 하고 외치는 순간, 답답하게 닫혀있던 문이 벌컥
열렸다. 드디어 모습을 드러낸 그녀의 품에는 아기가 안겨
있었다. 혼자서는 아무것도 할 수 없는, 하나부터 열까지
엄마의 손길이 닿아야만 하는 작디작은 남자 아기였다.

　　"죄송해요. 빨리 나오려고 그랬는데 기저귀가…."

발갛게 달아오른 그녀의 얼굴은 땀으로 번들거렸고 까만 뿔테 안경은 코끝까지 내려와 있었다.

그녀는 나를 기다리게 해서 미안했는지 나에게 순서를 양보했다. 됐다고, 무슨 소리 하시는 거냐고, 급한 건 내가 아니라 얘라고 손사래를 치자 그녀는 기어드는 목소리로 대답했다.

"쉬가 아니고 응가라서 또 오래 걸릴 것 같은데…."

아이는 커다란 비밀을 들키기라도 한 것처럼 으앙 눈물을 터뜨렸고 누나의 울음소리에 동생도 따라 보채기 시작했다.

"빨리요. 이러다 진짜 싸겠어요!"

나의 말이 끝나기가 무섭게 그녀는 딸아이의 손을 낚아채 칸막이 안으로 끌고 들어갔다. 나는 화장실 벽에 기대

서서 머릿속으로 가만히 셈을 해보았다. 하루에 화장실을 여섯 번만 간다고 쳐도 애가 둘이니까 합이 열두 번. 그럼 이 고생을 매일매일 열두 번씩 한단 말이야? 맙소사, 얼마나 힘이 들고 진이 빠질까. 생각만으로도 머리가 핑 돌았다.

얼마간의 시간이 흐른 후 일을 끝마친 세 사람이 문을 열고 나왔다. 아이들의 엄마는 잘못한 것 하나 없으면서도 죄송합니다, 정말 죄송합니다, 연신 사과를 하며 화장실을 빠져나갔다. 한참의 기다림 끝에 변기에 안착한 나는 그제 야 뭔가 이상하다는 생각이 들었다. 사방을 아무리 둘러보아도 기저귀 교환대를 찾을 수 없었다. 그럼 그녀는 기저귀를 어떻게 갈았단 말이지? 그래, 그랬구나. 변기 뚜껑을 내리고 아기를 눕혔던 거야. 그래서 허리를 잔뜩 구부리고 쩔 쩔맬 수밖에 없었던 거지. 조카도 없는 나로서는 상상도 못했던 일이었다. 그런데 내가 여태껏 다녔던 그 많은 화장실 중 기저귀 교환대가 있는 곳이 몇 군데나 되었더라. 세상에, 이게 말이나 되는 일일까. 괜스레 내가 다 서러워 눈물이 핑 돌았다.

맞선 사절

"얘, 바쁘니? 안 바쁘면 내 말 좀 들어봐."

나는 수화기 너머에서 들려오는 엄마의 말투가 평소와는 다르다는 걸 단번에 알아챘다. 긴히 의논할 거리가 있다는 듯 속삭이는 목소리와 마른침을 삼키느라 생기는 잠시간의 정적, 긴장을 늦추기 위해 연신 내뿜는 콧바람이 한데 어우러져 불길한 느낌을 자아냈다. 그동안의 경험으로 미루어 짐작해보았을 때 이건 맞선 보라는 얘기를 꺼내기 직전의 분위기가 아닌가! 나는 엄마의 이야기를 가로채며 쌀쌀맞게 말했다.

"선보라는 소리할 거면 됐으니까 끊어."

엄마는 선은 무슨 선이냐며 괜히 이런저런 말들을 에둘러 늘어놓다가 끝내는 이실직고했다. 아빠 친구 아들 중에 대기업 다니는 사람이 있는데 진짜 아까운 남자니까 일단 한번 만나나 보라고 말이다. 그럼 그렇지. 척 하면 삼천리야.

아빠와 엄마는 환상의 복식조다. 아빠가 갖은 인맥을 동원해 선 자리를 마련해 오면 엄마는 설득, 회유, 협박 등의 기술을 총동원하여 어떻게든 나를 그곳에 내보내고야 만다. 싫다고, 안 나간다고, 그냥 이렇게 살다가 노처녀로 늙어 죽을 거라고 악다구니를 써보기도 했다. 그러나 핏덩어리에 불과한 내가 연륜으로 똘똘 뭉친 그들의 합동 공작을 빠져나가는 건 여간 어려운 일이 아니었다. 그렇게 이십대 내내 얼마나 많은 남자와의 불편한 만남을 가졌는지 모른다. 피디, 회계사, 은행원, 변호사, 자영업자, 의사, 건축가, 사회 복지사, 특별히 하는 일은 없지만 부모님께 물려받을 재산은 좀 있는 팔자 늘어진 백수 나부랭이까지. 열

손가락을 몇 번이고 접었다 폈다 해야 그 수를 헤아릴 수 있을 정도다.

엄마가 정말 괜찮다며 입에 침이 마르도록 칭찬한 남자들이 내 눈에는 하나도 괜찮아 보이지 않았다. 체격이 좋다는 사람은 뚱뚱했고 믿음직스럽게 생겼다는 사람은 머슴 판박이였으며 패션에 관심이 많아 멋쟁이라는 사람은 각설이 뺨치는 요란스러운 옷차림으로 나를 놀라게 했다. 속았다는 생각에 열이 받을 대로 받은 나는 상대방에게 땍땍거리며 화를 풀었다. 종로에서 뺨 맞고 한강에서 눈 흘긴 격이었다. 그러나 이제 와 돌이켜 보니 그들에게 무척이나 미안한 마음이 든다. 그들 역시 자기 부모에게 속아 나를 참한 색싯감인 줄로만 알고 선을 보러 나왔을 텐데 웬 쌈닭 같은 것이 시비를 걸고 자빠졌으니 얼마나 곤혹스러웠을꼬. 혹시나 이 글을 보고 있다면 그때는 내가 철이 없어도 너무 없어 그랬노라고 진심으로 사과하고 싶다.

지나간 일이야 어쩔 수 없지만 같은 과오를 또다시 범하지는 않으련다. 이제 더는 맞선 따위 보지 않겠다. 그리

하여 나도 상대도 기분 상하는 일 애초에 일어나지 않도록 하겠다. 나는 강경한 어조로 엄마에게 대꾸했다.

"대기업이고 자시고 만나봤자 잘 될 일 절대 없으니까 그만 얘기하셔."

엄마는 이대로 물러설 수 없다는 듯 그 어느 때보다도 맹렬한 공격을 퍼부었다.

"만나보지도 않고 잘 될지 안 될지 그걸 어떻게 알아? 네가 점쟁이야 뭐야? 너 진짜 이렇게 나올 거야? 엄마 피 말라 죽는 꼴 보고 싶어?"

예전 같으면 이쯤에서 오금이 저려 깨갱 했겠지만, 엄마 이제 나도 어린애가 아니라오. 잘 될지 안 될지 어떻게 알긴 뭘 어떻게 알아. 아직은 내가 누구와도 결혼할 마음이 없으니까 잘 될 일 없는 게 당연한 거 아니야?

3부

엄마는 내가
왜 좋아?

승차권

침대에서 냉장고까지 열 발짝 걸어가는 게 귀찮아서 끼니를 거르기 일쑤인 나에게, 경기도 끝자락에 위치한 고향 집은 이역만리나 다름없다.

"서울에서 버스 타고 한 시간이면 오는데 멀기는 뭐가 멀다는 거야. 엎어지면 코 닿을 거리구먼."

동네 아줌마들과 고속버스를 타고 전국 방방곡곡을 누비며 봄이면 벚꽃 구경, 여름이면 바다 구경, 가을이면 단풍 구경, 겨울이면 눈 구경하는 것을 인생의 낙으로 삼는 나의 어머니는, 꼼짝없이 누워만 지내는 나를 도무지 이해할 수가 없단다. 좀처럼 얼굴을 봬주지 않는 딸내미를 야속하게 여기는 엄마의 마음을 모르는 바 아니다. 그러나 불효가 특기인 나는 부모님 생신이나 명절처럼 특별한 날이 되어야지만 집에 내려갈 생각이 겨우 드는 게 사실이다.

그나마도 홀로 가는 법 없이 언니 부부를 대동한다. 형부 차를 얻어 타고 편히 귀성하려는 꼼수를 부리는 것이다. 이번 신정에도 형부 덕을 보려고 했으나 서로 시간이 맞지 않아 어쩔 수 없이 혼자서 집으로 향하게 되었다. 오래간만에, 정말이지 오래간만에 고속버스 터미널에 갔다. 분주하게 오가는 사람들을 헤치며 넓디넓은 터미널을 헤맨 끝에 매표소에 다다랐다. "평택 한 장 주세요." 유리창 너머 판매원에게 행선지를 말하자 쥐구멍 같은 창구로 승차권이 미끄러지듯 밀려 나왔다. 가로로 기다란 직사각형 모양의 종이 가운데 즈음 세로로 점선이 그어져 있었다. 회수용과 승객용을 나누기 위함이었다. 나는 그것이 쪽 갈라지기라도 할세라 엄지와 검지만으로 차표를 살포시 잡고서 찬 바람 쌩쌩 부는 텅 빈 승강장에 섰다. 내가 몸을 부르르 떨 때마다 승차권도 파르르 함께 떨렸다. 차 시간이 가까워질수록 사람들이 하나둘씩 내 뒤로 따라붙었다.

예정된 시간에 꼭 맞추어 버스가 도착했다. 취이익, 요란한 소리를 내뿜으며 스르르 문이 열렸다. 고향 앞으로! 나는 일등으로 버스에 올라 기사님께 승차권을 내밀었다. 그런데 이게 무슨 일이람. 기사님은 내 표를 받아줄 생각 따위 전혀 없다는 듯, 한 치의 미동도 없이 앞만 바라보고 계셨다. 뭐야? 왜 이래? 검표하면서 회수용은 당신이 가지고 승객용은 나한테 돌려주는 거 아닌가? 머쓱해진 나는 "저기… 이거…" 하며 기사님 쪽으로 승차권을 조금 더 들이밀었다. 그러자 기사님은 나를 흘끔 쳐다보며 쌀쌀맞게 대답하셨다.

"대세요."

순간, 나는 미궁에 빠져들었다. 대라니? 이걸? 얻다? 혹시 카드 단말기에 승차권을 대라는 건가? 아니 근데 이런 종이 나부랭이가 단말기에 인식이 될 리가 없잖아? 내가 모르는 사이에 뭐가 바뀌기라도 한 거야? 갖다 댔는데 아무 반응이 없으면 쪽팔려서 어떡하지? 짧은 순간에 수많은 물음표가 머릿속을 가득 채웠다. 나는 사람들이 들을성싶어 기사님께 속삭이듯 여쭈었다.

"이걸… 어디에다가 대는 거예요?"

기사님은 성가셔 죽겠다는 목소리로 "다른 승객들처럼 저기에다가 대시라고요!" 하며 턱 끝을 까딱하셨다. 기사님이 가리킨 곳으로 고개를 돌리자 휴대폰 화면을 단말기에 대며 버스에 줄줄이 탑승하는 사람들이 눈에 들어왔다. 나만 빼고 모두가 모바일 승차권을 구매한 모양이었다. 나는 타임머신을 타고 미래로 날아온 원시인처럼 당혹스러움을 감출 길이 없었다.

"저기… 저는 모바일 승차권이 아니라 종이 승…"

기사님은 내 말이 채 끝나기도 전에 왈칵 짜증을 내며 단어 하나하나에 힘을 주어 말씀하셨다.

"종이 승차권에, 큐알코드 있으니까, 그걸, 저기에다가, 갖다 대시라고요. 젊은 사람이 왜 이렇게 말귀를 못 알아들어? 버스 처음 타요?"

그제야 자세히 들여다본 승차권 한구석에는 미로처럼 생긴 자그마한 큐알코드가 새겨져 있었다. 쭈뼛쭈뼛 승차권을 단말기에 가져다 대자 삑! 하는 날카로운 소리가 귀를 찔렀다.

이미 제 좌석을 찾아 앉은 승객들은 버스가 출발하기만을 기다리고 있었다. 사람들이 한심한 눈으로 나를 쳐다보는 것 같아 두 뺨이 후끈 달아올랐다. 좁다란 통로를 황급히 걸어 내 자리에 도착하자 서러움이 물밀듯 밀려왔다. '그까짓 거 모를 수도 있지. 왜 이렇게 사람 무안을 주고 난리래? 처음부터 친절하게 알려주면 어디가 덧나나? 대세요, 하면 뭘 어디다 대라는 줄 내가 어떻게 알아? 아니, 그리고 말이야. 표를 가져가지도 않을 거면서 회수용이랑 승객용은 왜 나눠놓는 건데? 어디 한번 헷갈려 보라는 거야 뭐야? 웃겨, 진짜!' 나는 집에 가는 동안 보려고 챙겨왔던

책은 가방 속에서 꺼낼 생각도 않고, 기사님의 얄미운 뒤통수만 실컷 노려보며 한 시간을 구시렁구시렁 중얼거렸다.

험난한 여정에 지칠 대로 지친 나는, 집에 도착하자마자 뜨끈한 전기장판 위에 대자로 뻗어 버렸다.

"얘, 옷 갈아입어야지!"

엄마는 서랍을 뒤져 옷가지를 찾았다. 나는 그런 엄마의 등 뒤에다 버스에서 있었던 사건을 미주알고주알 일러바쳤다. 그러자 엄마는 황당한 얼굴로 나를 돌아보며 말했다.

"너는 여태 그걸 몰랐어? 에이그, 아줌니! 누워만 계시지 마시고 여기저기 좀 돌아다니고 그러셔요. 그래야 세상 돌아가는 것도 아시쥬. 말 나온 김에 버스표나 끊어놔야겠다. 이모랑 눈꽃축제 가기로 했어."

엄마는 주머니에서 휴대폰을 꺼내 익숙한 손놀림으로 승차권을 예매했다. 나는 화석처럼 가만히 누워 그런 엄마를 신기하게 바라보았다. 세상이 빠른 걸까, 내가 느린 걸까? 아마 둘 다겠지. 아이고, 따라가기 숨차다, 숨 차.

집 떠나면 개고생

우리네 속담에 '집 떠나면 고생이다'라는 말이 있다. 나는 지혜로운 조상의 말씀을 가슴에 아로새기며 남들이 산으로 바다로 휴가를 떠날 때도 굳건히 집을 지켰다. 유난히 무더웠던 7월의 어느 날 역시, 침대에 가만히 드러누워 솔솔 불어오는 선풍기 바람을 맞으며 더위를 피하고 있었다. 그런데 이게 무슨 조화인지 안락하기만 했던 나의 자그마한 방이 참을 수 없이 답답하게 느껴지기 시작했다. 떠나고 싶다! 여기가 아니라면 어디든 좋다! 몇 년 만에 일어난 여행 욕구가 실로 생경하여 잠시 어리둥절했으나 이 순간을 놓치면 한동안은 방구석에서 벗어날 수 없을 것만 같은 불길한 예감에 사로잡혔다. 나는 자리를 박차고 일어나 한

손으로는 배낭에다 세면도구와 지갑 따위를 때려 넣으면서 휴대폰을 쥔 다른 한 손으로는 부산행 비행기 표를 결제했다.

어디에 가서 무얼 하면 좋을지 아무런 생각이 없었다. 태어나 부산은 처음이기 때문이었다. 해운대, 광안대교, 밀면, 돼지국밥, 태종대, 자갈치시장, 달맞이고개, 또 뭐가 있더라. 여기저기서 주워들었던 부산과 관련된 단어들이 머릿속을 어지럽혔다. 그러나 아무리 열심히 계획을 세운다 한들 어차피 지키지도 못할 나였다. 그저 발길이 닿는 대로 이리저리 떠돌아다니다가 '오이소' 하면 들어가고, '보이소' 하면 구경하고, '사이소' 하면 지갑을 열기로 마음먹었다. 그렇게 처음으로 도착한 곳은 해운대였다. 파란 하늘과 그보다 더 파란 바다를 마주하니 꽉 막혔던 가슴이 탁 트이는 듯했다. 모래바람이 사정없이 뺨을 갈겨대는데도 그저 웃음이 실실 새어 나왔다. 여행 오니까 별게 다 재밌네. 이 맛에 놀러들 다니는 건가 싶었다.

하지만 여행의 즐거움은 그리 오래가지 않았다. 파도

처럼 끝도 없이 밀려오는 인파는 나의 혼을 쏙 빼놓았고, 살갗을 구워버릴 기세로 내리쬐는 뙤약볕은 나를 금세 지치게 했으며, 대목을 맞아 왁자한 식당은 혼자인 나와 어울리지 않는 것 같아 번번이 지나치기만 했다. 하는 수 없이 예약해둔 숙소에 일찌감치 들어가 짐을 풀었다. 창밖으로 내다보이는 광안대교가 퍽 수려하기는 하였으나 네모나게 잘려버린 풍경은 이발소에 걸린 그림 그 이상도 그 이하도 아니었다. 시푸르죽죽한 바다를 얼마쯤 멍하니 바라보다가 커튼을 홱 치고서 침대에 벌러덩 드러누웠다. 새하얗긴 하지만 어쩐지 깨끗하진 않은 것 같은 이불을 덮고서 생각했다. 내일은 또 어딜 가지? 이럴 거면 부산에는 왜 왔지? 나는 누구고 여긴 어디지? 갑자기 떠나온 집이 사무치게 그리워졌다.

3박 4일간의 부산 여행은 무척 심심하고 몹시 쓸쓸했다. 오죽하면 집으로 돌아오는 길이 제일 신났을까. 기쁜 마음으로 현관문을 열자 익숙한 집 냄새가 훅 끼쳐왔다. 여기가 바로 천국인가! 이 좋은 데를 두고서 멀리까지 떠나 생고생을 한 스스로가 한심하게 느껴져 나도 모르게 고개를 절레절레 저었다. 게다가 문자 메시지로 날아온 카드 사용 내역을 합산해보니 한층 깊은 후회가 물밀듯 밀려오며 속이 다 쓰렸다. 나는 나를 달래며 생각했다. 그래도 다녀오길 잘했지 뭐야. 집 떠나면 고생이라는 걸 온몸으로 느낄 수 있었으니까. 그리하여 내가 사는 이 작고 초라한 집이 더없이 소중하다는 걸 깨닫게 되었으니까. 팔베개를 하고 누워 능청스레 혼잣말을 외쳐본다.

아이고, 역시 집이 최고야!

쇼미더마미

　　나의 휴대폰 통화 내역은 '엄마'로 도배되어 있다. 조석으로 내 목소리를 듣지 않으면 못 배기는 남자가 있기를 해, 학생 때처럼 미주알고주알 일상을 나누는 친구가 있기를 해, 제발 훌륭한 원고를 주시어 저희 출판사를 빛내 달라고 사정사정하는 편집자 역시 전혀 없는 터. 이다지도 인기 없는 나를 끊임없이 찾아주는 건 배 아파 낳은 딸내미의 일거수일투족이 궁금한 어머니. 오, 나의 어머니뿐인 것이다. 대개는 어디야? 밥은? 그래서 지금 뭐 하는데? 따위의 안부를 묻는 것으로 통화가 마무리되곤 한다. 그러나 엄마의 기분이 좋지 않은 날에는 휴대폰이 뜨거워져 귓바퀴에 화상을 입기 직전까지 당신의 한풀이를 들어줘야 겨우겨우 전화를 끊을 수 있다. 해를 거듭할수록 보통의 날에 비해 저기압인 날이 많아지는 것이 문제라면 큰 문제다.

이제 막 노년기에 접어든 엄마는 세상만사가 불만이다.

3부. 엄마는 내가 왜 좋아?

"딸이 셋씩이나 있는데 뭐가 그렇게들 바쁜지 한 년도 먼저 전화를 안 해. 너는 어느 세월에 유명해져서 엄마 호강시켜줄래? 내가 평생을 머리만 대면 곯아떨어지던 사람인데 요즘에는 하도 잠이 안 와서 밤을 꼬박 새우는 거야. 입맛은 왜 이렇게 없는지 이거는 무슨 밥알이 아니라 모래알 같아서 목구멍으로 넘어가지도 않아요. 안 그래도 성질나 죽겠는데 날씨까지 환장하게 더우니 내가 살 수가 있어? 죽어야지. 아유, 내가 그냥 확 죽어버려야지 더 살아서 뭐 해."

즐거울 일 하나 없어 매일을 신음하는 엄마의 모습이 딱하기는 하지만, 그 푸념을 하루걸러 한 번씩 듣는 나 역시 지치기는 마찬가지다. 휴대폰 화면에 '엄마'라는 단어가 나타나면 오늘은 또 무슨 앓는 소리를 하려나 덜컥 겁부터 나니 이를 어찌하면 좋단 말인가.

그렇게 하루하루 고민이 깊어가던 차에 법륜 스님과 한 여자가 대화를 주고받으며 문제를 해결해 나가는 영상을 보게 되었다. 나와 비슷한 걱정거리를 안고 있던 그녀는 제 어머니의 넋두리에 시달려도 보통 시달린 것이 아닌 모양인지 눈물까지 훔쳐가며 자신의 힘겨운 심정을 스님께 토로했다. 그러자 스님은 이렇게 이야기하셨다. 새가 우는 것을 노래라 여기면 듣기에 좋고 울부짖음이라 여기면 듣기에 괴롭다. 앞으로는 어머니의 하소연을 노래라고 생각해봐라. 네, 엄마, 아이고, 얼마나 힘드세요, 대충 맞장구나 치면서 노래를 들을 때처럼 그냥 흘려버리고 말아라. 스님의 말씀에 부옇던 머릿속이 말갛게 개는듯하였다. 그래, 그럼 되겠다. 엄마는 가수, 나는 청중. 참말이지 명쾌한 해결 방법이로구나!

오늘도 어김없이 엄마에게서 전화가 걸려왔다. 목소

리가 한껏 가라앉은 걸 보니 이번 통화는 최소 한 시간짜리다. 나는 가방에서 이어폰을 꺼내 전화기에 연결하는 것으로 엄마의 노래를 감상할 채비를 마쳤다. 엄마는 누군가를 흉보기 시작했다. 처음에는 그이의 잘못을 조용조용 읊조리다가, 말이 차츰차츰 빨라짐에 따라 감정이 격해지더니만, 후에는 차마 글로 옮겨 적을 수 없는 온갖 된소리를 내뱉으며 분노를 표출했다. 나는 생각했다. 이건 말이 아니라 랩이다. 이 사람은 엄마가 아니라 래퍼다. 지금 내가 듣는 건 신세타령이 아니라 힙합 뮤직이다. 마음속으로 되뇌니 신기하게도 정말 그리 느껴졌다. 이야, 우리 어머니 노래 한번 잘하신다. 전국 노래자랑 나가면 최우수상 받겠어.

마음에도 없는 소리

　　고등학교 동창이 내미는 청첩장을 받아들자 걱정이
밀려왔다. '얘마저 가는구나!' 하는 위기감이라든지 '축의
금을 얼마나 내야 할까' 하는 쪼잔한 고민 따위는 아니었
다. 성인이 된 이후로 연락을 뚝 끊고 지낸 동창생들과 결
혼식장에서 마주할 생각을 하니 초조한 마음이 든 것이었
다. 옛 친구와의 재회를 즐겁게 여기는 사람도 있겠으나 말
주변이 없어도 더럽게 없어서 상대방까지 뻘쭘하게 만들
고야 마는 나에게는 끔찍한 사건으로만 느껴진다.

　　"나 말고 또 누가 와?"

244

축하한다는 말도 잊은 채 내가 묻자, 여고 동창 중에는 당시에 함께 어울려 다니던 또 다른 친구 한 명만 초대했으며 그녀와 내가 같은 테이블에 앉을 수 있도록 손을 써 놨다는 대답이 돌아왔다. 잔인한 사람. 다른 이의 대화에 묻어갈 수도 없게 우리 둘만 덩그러니 앉혀 놓다니. 아, 싫다. 싫어서 미쳐 버리겠다!

이런 나를 놀리기라도 하듯 결혼식 날은 쏜살같이 다가왔다. 도살장에 끌려가는 소처럼 망설임 가득한 걸음으로 식장에 들어서서는 대굴대굴 눈알을 굴리며 자리를 찾는데 저쪽 테이블에 낯익은 얼굴이 보였다. 그녀였다. 예전 그대로인 얼굴을 보자 반가운 마음이 샘솟아 나도 모르게 그 애의 등짝을 짝 소리 나게 때리며 외쳤다.

"야, 잘 지냈어? 너 하나도 안 늙었다!"

그런데 한 가지 잊고 있었던 점이 있었으니 그녀는 나보다 몇 배는 더 낯을 가린다는 사실이었다.

"어… 왔어?"

그녀는 퇴근한 남편을 맞이하는 전업주부에 버금가는 심드렁한 목소리로 대답했다. 나는 민망함을 무마하기 위해 추억이라도 팔아보려 했지만 머릿속을 아무리 더듬어 보아도 얘깃거리로 치환할 만큼 또렷이 떠오르는 기억이 없었다. 신부 입장 무려 삼십 분 전. 아무 말이라도 지껄이며 시간을 때워야만 했다.

"너도 결혼해야지.
듣자 하니 남자친구랑 오래 만났다던데?"

내가 말해놓고는 내가 놀랐다. 이게 웬 명절날 큰아버지 입에서 나올 법한 잔소리란 말인가. 그녀는

"어… 뭐, 아직은…"

얼버무리며 곤란한 기색을 내비쳤다. 하지만 그 질문이 마중물이 되어 나는 마음에도 없는 소리를 쭉쭉 끌어올

리기 시작했다. 네가 제일 먼저 시집갈 줄 알았는데, 시간될 때 애인 얼굴 좀 보여줘라, 나중에 결혼하면 꼭 갈 테니 연락 다오. 결혼행진곡이 흐를 때까지 나의 헛소리는 멈출 줄 몰랐다. 이게 아닌데, 나는 그저 무슨 말이라도 건네고 싶었던 것뿐인데, 나 정말 왜 이러는 거야! 숨 막히는 결혼식은 어찌어찌 끝났고 우리는 뷔페도 뒤로한 채 무지하게 바쁜 척을 하며 급히 헤어졌다. 아마도 이게 그녀와 나의 마지막인가 싶었다.

어쩌면 우리가 타인에게서 듣게 되는 무례한 이야기는 상대가 의도치 않았던 것일지도 모른다. 그저 언변에 능하지 못하여 제 뜻과는 아무런 상관없는 투박한 단어들이 툭툭 튀어나와 버린 것은 아닐까 짐작해본다. 그들이 함부로 내뱉는 것처럼 들리는 말이 사실은 상대방에게 가까워지고 싶은 간절한 마음에서부터 비롯된다는 걸 이제는 알겠다. 왜냐하면 그 누구도 아닌 바로 내가 그랬으니 말이다. 그녀는 이다지도 대화에 서툰 나를 어떻게 기억하고 있을까. 아마도 엄청나게 밥맛 떨어지는 애라고 생각하며 두고두고 흉을 보겠지?

애, 알고 보면 나 그렇게 재수 없는 사람은 아니란다.
진짜야. 믿어줘. 정말이라니까.

지게

날씨가 좋아서 미쳐버리겠다. 산이나 들로 떠나고 싶은 마음은 눈곱만큼도 없고 그냥 서울을 걸어 다니고 싶다. 가방 속에 든 노트북을 애써 외면한 채 종로를 걸었다. 하지만 얼마 지나지 않아 나의 초경량 울트라씬 중국산 노트북은 제 무게보다 더 무겁게 내 어깨를 내리눌렀다.

나는 무교동 스타벅스 앞을 왔다 갔다 하다가, 시퍼런 하늘을 보며 한숨도 쉬어보다가, 아오 정말 도라뻐리겠네를 속으로 천만 번 외치다가, '제가 잘못했습니다. 제발 여기서 꺼내달라는 노트북의 외침을 무시한 나의 죄를 스스로 고발합니다.' 누군지도 모를 사람에게 혼자서 사죄하며 스타벅스로 들어온 것이었던 것이었다.

나는 울트라씬 노트북을 멀리 해야 한다. 감히 어디 들고 나갈 엄두를 내지 못하게 세상에서 제일 투박한 데스크탑을 써야 한다. 아니, 아니야! 데스크탑이 다 무슨 소용이람! 아마 나는 데스크탑을 보며 발을 동동 구르다가 어느 공사장으로 뛰쳐나갈 것이다. 그러고는 낯선 인부를 붙잡고서 다급한 목소리로 이렇게 말하겠지.

"지게, 지게 좀 빌려주슈!"
(왠지 '슈' 체를 쓰지 않으면 지게를 빌려주지 않을 것 같은 느낌적인 느낌.)

이 절박한 목소리를 듣고서 지게를 빌려주지 않을 인부 세상에 어디 있겠는가. 나는 모니터와 본체를 등에 지고서 606번 버스를 타고도 남을 여자다. 그리하여 나는 내 발목에 보이지 않는 족쇄를 채웠다. 족쇄의 끝에는 무게를 알 수 없는 쇠공이 달려 있어 나는 움직일 수 없다.

나는 나의 죄를 모르는 죄인이어라. 으흐흑.

어째서 나는 이렇게 살아야 하는 것입니까, 이예?

애니바리히얼미?

달려라 이봉주

　글 쓰는 것 말고 딱히 할 일이 없을 때, 그래서 글 쓰는 것밖에 할 수 없었을 때는 자리에 앉으면 그냥 무슨 말이든 줄줄 써내려갔다. 그러나 주로 출근을 하고 남는 시간에 글을 써야 하는 지금은 엄청난 준비운동을 마쳐야지만 글 쓸 마음이 겨우 생긴다. 어제는 도서관에 가서 헛둘 헛둘 여덟 시간 동안 머리를 풀고 두 시간 동안 글을 썼다. 잔디밭을 걸으며 심신의 안정을 되찾고 남의 책을 읽으며 스트레칭을 한 다음에 고작 두 시간을 달린 것이다.

　이것은 정말이지 슬픈 일이다.

이봉주 선수가 생활고를 이기지 못해 홍대의 일본 라
멘집 주방에 취직해서 종일 "이랏샤이마세!"를 외치다가
밤이 되면 한강으로 뛰쳐나가는 모습을 상상해보라. 그는
한강을 횡단할 기세로 달리기 시작했지만 이미 약해진 근
력은 밤섬도 채 가지 못한 그를 주저앉게 만들 것이다.

한때는 42.195km를 달리던 그가, 이제는 지척에 있는
집으로 걸어갈 기운도 없어 마을버스에 오르며 이렇게 생
각하겠지.

"나 같은 빠가야로가 세상에 또 있을까."

어김없이 밤섬 위로 해는 떠오르고, 그는 돼지 누린내
가 나는 주방으로 들어선다. 영광의 월계관 대신 히라가나
가 적혀있는 두건을 머리에 쓰며, 이랏샤이마세!

내가 썼지만 너무 슬프네.
오늘의 준비운동은 여기서 끝.
달려라, 이봉주윤!

255

밤과 음악 사이

밥 먹고 술 마시고 또 뭘 할까 하다가 지영이의 손에 이끌려 밤과 음악 사이에 갔다. 나는 좁은 공간에 사람들이 모여서 춤을 춘다는 것을 열아홉 살 때부터 이상하게 생각했기 때문에 클럽에 잘 가지 않았었는데 그녀를 알게 된 이후로는 정말이지 '종종' 클럽에 가게 된다. 그녀는 내 글감의 스펙트럼을 넓혀주겠다며 호언장담을 해댔다. 어쨌거나 두 미시 클럽 입장.

무대에는 조명만이 외로이 춤을 추고, 사람들은 벽에 붙거나 의자에 앉아 잔잔한 노래를 느끼며 술을 마시고 있었다. 어차피 나와서 춤출 거면서 서로의 눈치를 보는 이

256

순간이 나는 정말 '병맛' 같다. 그러다 어느 순간! 무대가 암
전되더니 선전포고하듯 H.O.T.의 〈전사의 후예〉가 울려 퍼
졌다. 사람들이 무대로 스멀스멀, 혹은 꿈틀꿈틀 기어 나와
춤을 추기 시작했다. 토니가 "에훕-띠!"라고 외칠 때마다
사람들이 열광했다.

　정장을 입은 남자가 몸을 이상하게 꺾는 모습을 본 지
영이가 "쟤네 부장님은 쟤가 여기서 이러는 거 알까?" 하고
말했다. 그녀의 눈길이 가닿은 곳에는 굉장히 정직하게 생
긴 두 회사원이 〈맨발의 청춘〉에 맞추어 춤을 추고 있었다.
이 노래가 유행할 적에 보습학원에 앉아서 수학 문제를 풀
었을 것 같은, 학원 창문 틈새로 흘러들어오는, 가사가 뭉
그러진 맨발의 청춘만 들었을 것 같은, 그러니까 이 가락이
어디서 들어 본 가락이기는 한데 벽의 노랜지 육각수의 노
랜지 모를 것 같은 두 남자가 충실히 정말로 충실히 춤을
추었다. 이 클럽 안에서 신랑을 골라야 한다고 누군가 말한
다면 엉덩이를 부드럽게 돌리고 돌리고 돌리는 저 남자보
다는 경련을 일으키듯 춤을 추는 저기 저 남자를 택하겠다
고 생각했다.

두 시간을 의자에 앉아 사람들을 구경했다. 사는 게 얼마나 외로우면 여기 와서 이러고들 놀고 있나, 이렇게 놀고 집에 가면 또 조용히 누워서 자겠지, 이런 데 돈 쓰려고 힘들 게 돈을 버는 것일까 힘들게 돈을 버니까 이런 데 돈 쓰는 것일까, 알다가도 모를, 정말이지 모를.

만 원 내고 이런저런 생각을 할 수 있게 해주는 클럽이 나쁘지만은 않다. 클럽 입장료는 친구가 냈으므로 '작가의 스펙트럼을 넓히기 위한 친구의 노력'이라는 그녀의 말을 믿어주련다.

오만 원짜리 연극

재무팀 직원이 결혼했다.

"나이도 어린데 왜 벌써 결혼을 하는 걸끼?"

내가 한마디 내뱉자 열 마디가 되돌아왔다.

"뭐가 벌써야? 딱 시집갈 나이지."
"넌 언제 할 건데?"
"주윤 씨도 내일모레면 마흔 아니야?"
"대애박!"

내가 언제 결혼하든 뭔 상관이여. 그러고 보니 걔가 언제 결혼하든 난 또 뭔 상관이람. 그래, 축 결혼이다.

희뿌연 스모그와 녹색 레이저빔을 헤치고 그 직원이 나타났다. 신부가 아니라 서태지와 아이들이 입장하는 게 더 어울릴법한 90년대식 무대장치였다. 왜 돈 주고 이렇게 촌스러운 곳에서 결혼을 하는 걸까, 하는 의문도 잠시. 고데기로 빡세게 두 바퀴 반 말아 준 그녀의 애교머리가 모든 것을 설명해주었다. 신랑이 신부의 오른쪽에 서는, KBS1 아침 드라마에나 나올법한 해프닝을 시작으로 식이 거행되었다. 더럽게 긴 주례사 끝에 양가 부모님께 인사하는 차례가 되었다.

"신랑, 신부. 그동안 잘 키워주셔서 감사합니다, 부모님께 인사하십시오."

부모님 앞에 선 그녀, 손부채질을 하며 울먹이기 시작하고 그런 그녀를 귀엽다는 듯 바라보던 신랑은 씩씩하게 "감사합니다!" 외치며 큰절을 올리는데. 아니, 이 엉뚱한 신

부, 신랑을 따라 허둥지둥 큰절을 올리는 것이 아닌가.

　　그 어디에서도 보지 못했던 이 장면은 나에게 꽤나 상큼하게 다가왔다. 주례, 하객, 심지어 양가 부모님까지 깔깔 웃는데 이 와중에 눈물을 훔치는 우리 부장님.

　　　"부장님, 도대체 왜 우세요?"
　　　"야, 딸 보내는 부모 마음은 얼마나 슬프겠니."
　　　"그럼 부장님은 딸 시집보내지 마세요."
　　　"그래! 안 보내! 평생 데리고 살 거야!"

　　축하합니다, 축하합니다, 당신의 결혼을 축하합니다.

　　술집에서 생일 때 들어보았던, 익숙하지만 언제 들어도 민망한 그 노래를 배경으로 신랑신부가 퇴장을 하자, 그들의 뒤로 보이는 대형 스크린에 웨딩카가 나타나더니 정면을 향해 질주하기 시작했다.

　　　"뒤에서 차가 쫓아오니까 신랑신부가 도망친다,

그치?"

방금 흑흑흑 울던 부장님이 금세 크크크 웃었다. 눈물과 웃음으로 버무려진 오만 원짜리 코미디 연극이 막을 내렸다.

전국 노래자랑

별다른 의욕이 없는 날은, 그러니까 거의 대부분의 날들을 침대에 누워서 남들 노는 모습을 구경한다. 예를 들면 에디전 기타 치는 모습, 동아콩쿨, 김연아 경기 영상, 전국 노래자랑 같은 것들이다.

특히 전국 노래자랑을 좋아한다. 왜냐하면 이건 정말로 흥에 겹지 않은 사람이면 오를 수 없는 무대이기 때문이다. 완벽한 모습을 보여주지 않아도 되고 남들이 나를 어떻게 볼까 걱정하지 않아도 되고 그냥 하고 싶은 대로 하는 무대. 본인을 대한민국 최고의 섹시남이라고 소개하는 참가자의 자신감. "땡!" 하는 탈락의 실로폰 소리에도 굴하지

않고 "성민 엄마, 사랑한다!" 할 말 다 하고 무대 밑으로 내려가는 당당함. 누군가에게는 오빠, 누군가에게는 영감, 심지어는 게이가 되는 것도 마다하지 않는 송해 선생님의 변화무쌍함. 때로는 콩트가, 때로는 만담이 펼쳐지는 자유로운 분위기. 거기에다가 관객의 자발적인 춤사위까지 더해진 전국 노래자랑은 종합예술의 현장으로 부족함이 없다. 관전 포인트가 너무나 많은 공연이다. 예술은 즐겁게 노는 것에서부터 시작한다고 생각하지만 나는 놀 줄을 모른다. 놀 줄을 모르니까 재미가 없다. 재미가 없으니까 하기가 싫다. 그래서 자꾸만 남들 노는 것만 본다.

사전

자신감은 자신自信이 있다는 느낌입니다. 그것은 자신 自身이 있어야 생길 수 있습니다. 그러니까 자신自信이 없다 는 것은 자신自身도 없다는 말입니다. 나는 여기 있는데 내 가 여기 없다니 참으로 환장할 노릇입니다.

사실 이것은 말장난에 불과합니다. 나는 말 가지고 장 난을 잘 칩니다. 나만의 놀이입니다. 가끔은 '와, 천잰데? 이 런 감각적인 언어유희!' 하며 스스로 감탄합니다. 그러나 또 어떤 때는 장난이 난장이 되어 마음을 후비기도 합니다.

말장난을 치려면 국어사전이 필요합니다. 어렸을 때

엄마가 정리정돈을 잘하라고 혼을 내서 정리정돈이 뭐냐고 물었다가 "넌 그것도 모르냐"라는 잔소리를 들은 이후로 국어사전을 찾아보는 습관이 생겼습니다. 엄마, 땡큐.

그러나 지금 국어사전을 찾아보니 정리정돈이라는 단어는 있지도 않습니다. 정리, 또는 정돈인데 두 단어는 뜻이 같습니다. 엄마는 같은 말을 반복함으로써 잘 좀 치우라는 당신의 뜻을 강조하고 싶었던 것일까요.

어쨌거나 나는 그때부터 국어사전을 보며 놀았습니다. 국어사전을 가지고 노는 방법은 많습니다. 그중 하나를 보여드리겠습니다.

사랑이란 무엇일까요?

사랑 「명사」

어떤 상대의 매력에 끌려 열렬히 그리워하거나
좋아하는 마음. 또는 그런 일

※ 2013년 국립국어원 기준

풀이가 투박하기 그지없네요. 국어사전이 뜻하는 '매력' '열렬히' '그리움' '좋아하다'의 뜻을 각각 찾습니다. 그리고 대입합니다.

◌ 사람의 마음을 사로잡는 힘에 끌려 매우 맹렬하게 보고 싶어 애태우거나 좋은 느낌이 드는 것.

사랑이 조금 더 구체화 되었군요. 그런데 맹렬한 것과 애타는 것은 무엇인지 또 궁금해지네요. 국어사전을 또 찾고 또 대입합니다.

◌ 사람의 마음을 사로잡는 힘에 끌려 몹시 사납고 세차게 보고 싶어 몹시 답답하거나 안타까워 속이 끓거나 좋은 느낌이 드는 것.

사랑은 '몹시몹시'로군요.

앞으로 누군가에게 사랑을 고백할 때는 이렇게 말하세요.

나를 사로잡는 너의 힘에 나도 모르게 끌려

몹시 사납고 세차게 네가 보고 싶어

몹시 답답하고 안타까워 속이 끓어

경태가 영심이에게 불러줄 것 같은 사랑의 세레나데,

완! 성!

나는 이렇게 놀면서 희미해져 가는 자신을 찾습니다.

여기에서 자신은 자신일까요, 아니면 자신일까요. 지금 나

는 장난을 치는 것일까요, 아니면 난장을 치는 것일까요.

강제 결혼

집에 다녀왔다. 아빠는 내가 이번 해에 남자를 데려오지 않으면 나를 강제로 결혼시키겠단다. 세상에 태어나 들은 말 중 가장 끔찍한 말이다. 강제 결혼이라니. 하얀 죄수복을 입은 신부, 부케 속 수갑이 채워진 신부, 포승줄에 묶인 채 주례사를 듣는 신부. 신선한 글이 써질 것 같은 대단한 충격!

엄마는 갑자기 홀쭉한 남자와 퉁퉁한 남자 중 어느 쪽이 더 좋은지 묻는다. 둘 다 싫고 보통 체형이 좋다고 했다. 엄마는 엄마 친구 아들이 다른 건 다 괜찮은데 좀 뚱뚱하다며 그래도 한번 만나 보지 않겠느냐 거듭 묻는다. 퉁퉁에서 뚱뚱으로 이실직고. 얼마큼 뚱뚱해야 선보기 전에 뚱뚱하다는 말이 나오는 걸까. 엄마는 살은 네가 빼주면 되는 거라고 했다. 얼굴도 모르는 사람 살 빼 줄 마음부터 먹어야 한다니 내가 뭐 숀리인가.

아빠는 다 늬들 잘 살라고 하는 말이라고 했다. 결혼을 하면 무조건 잘 산다는 통계라도 나와 있는 것일까. 내가 가정 폭력을 당한다면, 남편이 두 집 살림을 차린다면, 시어머니가 싸이코라면, 알고 보니 남편이 빚쟁이라면, 숨겨 놓은 자식이 있다면, 내 성격이 이상하다고 나하고 말을 안 하면, 그래서 내가 이혼을 하게 된다면 그땐 어떻게 하려고 자꾸 나를 미지의 세계로 보내려 하는 것일까.

내 친구는 일어나지도 않은 일을 걱정할 필요는 없다고 했다. 그런데 그 일이 일어나면 그땐 어떻게 할 거냐고.

아무리 생각해도 정말 이상하다. 평생 같이 살 사람을 올해 안에 데려오라니. 삼십 년을 살면서도 못 만났는데 올해 안에 데려오라니.

양자택일

내가 자주 가는 온라인 커뮤니티에서 사람들끼리 하는 놀이가 있다. 예를 들자면 이런 거다.

나 하나만 바라보면서 하고 싶은 거 다 하게 해주고 신용카드 주면서 사고 싶은 거 다 사라고 하고 늦게 들어와도 눈치 한번 주지 않고 시어머니 편이 아닌 내 편만 들어주는 맹구

vs.

능력이라고는 쥐뿔 없어 내가 벌어다 주는 돈으로 먹고 놀기 만 하고 착하긴 착하지만 너무 착해 여기저기서 사기만 당하고 나랑 싸우면 시어머니한테 가서 이르고 더는 못 살겠다고 이혼하자고 하면 눈물로 호소하며 내 발목을 잡는 원빈

두 남자 중 한 명을 반드시 선택해야 한다. 당신은 과

연 누구를 택하겠는가! 뭐 이런 유치한 선택 놀이. 일어나지 않을 일이지만 나도 모르게 고민에 빠져들게 된다. 그러나 딱히 어려운 문제는 아니다. 약간 망설여지기는 하지만 맹구를 택하는 게 맞는 거니까.

하지만 얼마 전, 나를 깊은 시름에 빠지게 한 질문이 있었다.

평생 펑펑 써도 다 쓰지 못할 만큼의 돈이 주어진다. 그러나 죽을 때까지 짚신만 신고 다녀야 한다. 맨발 안 됨. 리폼 금지. 옷으로 가리기 없음. (매일 새 짚신이 제공됨)

vs.

그냥 살기

너무나 어려운 질문이었다. 나도, 우리 언니도, 친구들도 쉽사리 선택하지 못해 몹시 괴로워했다. 하지만 이런 생각은 들었다. 남자의 다른 조건을 다 떠나 돈 하나만 보고 결혼한다면 좋은 옷을 입은 채 짚신 신고 다니는 기분이 아닐까? 하고. 차라리 청바지에 운동화 신고 편히 사는 게 낫지 않을까? 하고.

솔직한 게 죄인가요?

오래간만에 보는 선이라 입을 옷이 마땅치 않았다. 언니 원피스를 빌려 입으려고 했는데 언니가 그 남자랑 결혼할 거 아니면 아무거나 입고 나가라고 말했다. 우리 언니는 참 맞는 말만 해.

내가 가진 옷 중 가장 단정하고 가장 매력 없는 점프 슈트를 입고 약속 장소에 나갔다. 이번에는 제발 예의 있게 행동하라고 엄마가 나에게 신신당부했다. 그동안 내가 얼마나 깽판을 쳤으면 우리 엄마가 이런 애원을 다 할까. 불효녀는 웁니다, 흑흑.

이제라도 효녀가 되기로 한 나는 그에게 정말로 정말로 예의를 갖추었다. 궁금하지 않아도 댁이 어디시냐 묻고, 그이의 험난한 직장 생활이 걱정되지 않아도 "어머, 정말 힘드시겠다" 위로도 건네보고, 재미없는 농담에 꺄르륵꺽꺽 웃어주기까지. 너무 지루해서 빨리 집에 가고 싶었지만 그가 자꾸만 질문을 해대는 바람에 많은 대답을 할 수밖에 없었다.

"친구 별로 없어요. 대부분 혼자 지내요. 용건 없으면 연락 안 해요. 부모님한테 살갑게 못 굴어요. 가족이라고 모두 화목하란 법은 없죠. 누구보다도 가깝다는 이유 하나만으로 누구에게도 주지 않는 상처를 줄 수 있는 게 가족이에요. 밥 안 해요. 청소 안 해요. 집안일에 흥미 없어요. 남자랑 싸울 일 있으면 그냥 헤어지고 말아요. 선 많이 봤어요. 좋아하지 않는 사람하고 만나는 건 시간 낭비라고 생각해요. 스물두 살 이후로 진짜 좋아서 만난 남자는 없어요. 축구 싫어요. 야구 싫어요. 요가 싫어요. 그냥 운동 자체가 싫어요. 모임 싫어요. 회식 싫어요.

드라마 싫어요. 제가 싫어하는 게 너무 많아서 대답

마다 다 싫다고 하네요. 죄송해요."

    그래도 끝까지 아이에 대한 이야기를 꺼내진 않으려

했다. 선 자리에서 아이 얘기는 커다란 논쟁을 불러일으키

기 때문이다. 그러나 그가 먼저 조카가 몇 명이냐 물었고,

나는 사실대로 한 명도 없다고 대답했고, 남자는 의외라는

듯 어째서 조카가 없느냐 궁금해했고, 우리 언니들은 계획

이 없다고 나는 말했고, 그가 화들짝 놀라며 주윤 씨도 그

러시느냐 묻기에 "네" 하며 고개를 끄덕였더니만 어쩔 줄

몰라 하는 것 아닌가. 나는 그저 진솔하게 대답했을 뿐인데

왜 저러는지 몰라 정말.

    얘기를 전해 들은 언니가 "남자가 고생했네"라고 하기

에 "등 떠밀려 나간 내가 고생했지 남자가 고생은 무슨 고

생을 해!" 하고 성질을 냈더니, "너는 이럴 줄 알고 나갔지

만 남자는 아무것도 모르고 당했잖아"라고 대답했다. 와,

또 맞는 말 하네.

미안합니다.

일부러 그런 건 아니고 제가 원래 그래요.

좆 까라 그래

지인의 소개로 작곡가 선생님을 만났다. 선생님은 나에게 가사를 써보라고 말씀하셨다. 너무나 영광스러웠지만 저는 가수라고 하면 이소라랑 빅뱅밖에 모르는걸요.

"그냥 시조 쓰듯이 쓰면 돼." 선생님이 말씀하셨다. 선생님은 그런 가사를 어떻게 쓰셨느냐 물어보면 "그냥 쓴 거야" 하면서 혼자만의 비밀인 양 대답해주지 않으셨다. 나는 시중에 나와 있는 작사 관련 책이란 책은 모조리 사다 읽었다. 책에 나온 방법을 그대로 따라 해보려고 했지만 그게 잘 되지 않았다.

어느 날 선생님과 저녁 식사를 하다가 술을 한잔하게 되었다. 술만 마시면 말이 많아지는 나는 평소에 묻지 못했던 것들을 물어보기 시작했다.

"선생님, 제가 책을 읽어 봤는데요. 이렇게 저렇게 하라고 하더라고요. 그래서 이렇게 저렇게 했는데도 잘 안 되는 거예요. 근데 그렇게 하는 게 맞아요?" 그러자 선생님 왈.

"주윤아."
"네."
"좆 까라 그래."
"예?"
"좆 까라 그러라고."

이어지는 선생님의 말씀은 이러했다.

무엇이든 네가 느끼는 대로 하면 되는 거다. 남의 말을 너무 따라갈 필요는 없다. 너만의 방식대로 해서 누군가가 알아주면 좋은 거고 만약 알아주지 않더라도 너의 것이 남으니 그것 또한 좋은 일 아니겠느냐. 그러니 누가 시키는 대로 하지 말고 무엇이든 네가 하고 싶은 대로, 네 마음이 가는 대로 해라.

　　나는 선생님의 말씀을 가슴 깊이 새겼다. 그러나 타고난 성격이 어디 가겠는가. 나는 여전히 남의 말에 신경을 쓰고 남의 기대에 부응하기 위해 애를 쓴다. 그러다가 너무 힘들어지는 어느 날이면, 그러니까 예를 들어 일기는 일기장에 쓰라는 악플을 봤을 때, 이제 그만 시집가야지 하는 잔소리가 쏟아질 때, 여자면 화장 좀 하고 이쁘게 꾸미고 다니라는 개소리를 들었을 때에,

　　"좆 까라 그래!"

　　크게 외친다.
　　아, 물론 속으로만.

시간

　일 때문에 오는 연락은 보통 "작가님, 바쁘시죠?"로 시작한다. 그럼 난 "아뇨, 안 바빠요" 하고 대답한다. 겸손을 떨며 그냥 하는 말이 아니라 정말로 안 바쁘다. 바쁘기는커녕 한가해 죽는다.

　시간이 더럽게도 안 가던 어느 날, '나는 왜 이렇게 한가할까?' 생각해봤다. 결론은 '내 시간을 나 혼자서만 쓰기 때문'이었다. 연애하는 사람은 애인에게 시간을 나누어주고, 결혼한 사람은 배우자에게 시간을 나누어주고, 자녀까지 있는 사람은 자녀 각자에게 시간을 나누어주니 자기만의 시간이 부족할 수밖에. 나는 아무에게도 시간을 나누어

주지 않아 시간이 남아돈다.

때가 있다는 말. 학교에 입학하기 전까지는 시간 가는
줄 모르는 채 세상을 익히고, 학교에 입학해서는 공부하느
라 바쁘고, 직장에 취직해서는 적응하느라 정신없고, 직장
에 겨우 적응하고 나면 결혼하고 자식 낳고 자식 키워 결
혼시키고 끝내는 손주를 보고 죽는 일생. 어찌 보면 세상이
정한 나이는 인간이 지루해 죽지 않도록, 심심할 틈 없이
빼곡하게 채워준 일정 아닐까.

앞으로 남은 이 많은 시간을 혼자서 보낼 생각을 하니
아득하기만 하다.

쉼표

나는 요즘 '쉼표(,)' 때문에 고민이다. 도대체 이걸 어디에 어떻게 써야 효과적인지, 아무리 생각해봐도 모르겠을 때가 더 많다. 글을 쓰며 쉼표를 제대로 썼는지 알아보는 방법은, 내가 쓴 글을 소리 내어 읽으며 직접 숨을 쉬어보는 수밖에 없다. 그까짓 삐친 점이 무어 그리 중요한가 싶겠지만 쉼표를 제대로 찍지 않으면 숨이 차서 죽거나, 숨이 막혀 죽거나, 하여튼 살아 숨쉬는 글을 쓸 수 없다는 게 나의 생각이다.

블로그에 일기를 쓸 때는 엔터 키를 쳐 행갈이 하는 것으로 쉼표를 대신했다. 돈 받고 쓰는 글도 아니므로 내 호흡대로 대충 행갈이를 했다. 아무리 많이 행을 갈아도 상관없었다. 내 맘이다, 뭐, 어쩔래! 그러나 돈 받고 쓰는 글에서 그래서는 아니 되는 것이다. 나의 호흡도 호흡이지만 읽는 이의 호흡 역시 고려해야 하지 않겠는가? 자기 혼자 떠들고 자기 혼자 만족하는 글은 자기 혼자서만 보면 충분하다.

그리하여 나는 내 글을 소리 내어 읽어 본다. 걸리는 부분이 한 군데도 없을 때까지 계속, 계속. 얼마큼 많이 읽어보느냐 하면은 턱 빠지기 직전까지, 목소리 쉬기 직전까지, 열 받아서 아이패드 작살내기 직전까지. 쉼표를 여기 찍었다가 저기 찍었다가 하면서, 숨을 여기서 쉬었다가 저기서 쉬었다가 하면서, 그 느낌이 어떻게 달라지는지 알기 위해서는 자꾸만 읽어봐야 한다.

그렇게 아무리 읽어 보아도 어디에 쉼표를 찍는 게 더욱 적확한지 결정을 내리지 못할 때가 더 많다. 그럴 때는 마감이 있는 게 너무나 고맙다. 마감이 없었더라면 나는 성대결절에 걸렸을지도 모른다. 내가 무식하게 글을 쓰는 것도, 굳이 이럴 필요까지 없다는 것도 안다. 그렇지만 '그러나 나는, 그렇게 하지 않으면 아니 된다'와 '그러나 나는 그렇게 하지 않으면 아니 된다'의 느낌은 사뭇 다르지 않은가. 문장에서 느껴지는 결연함이 다르잖아. 나만 느낀다면 어쩔 수 없겠지만 하여튼 나는 그래.

시간-2

　　편집자에게서 글은 얼마나 썼냐고 연락이 왔다. 그동
안 쓴 글을 헤아려보니 생각보다 너무 적기는 했지만 '그럼
좀 어때, 분량 채우려고 억지로 쓸 순 없잖아, 그런 글을 돈
받고 팔 순 없잖아, 내가 오죽하면 안 썼겠냐. 그러니까 그
냥 나올 때까지 기다려' 하는 생각으로 파워 당당하게 이만
치 썼다고 답장을 보냈다. 그래놓고는 마음이 좀 불안해져
서 뭐라도 하려고 아이패드를 싸 들고 카페에 나오긴 나왔
는데 나는 또 몇 시간째 굉장히 진지한 자세로 인터넷 쇼핑
이나 하고 자빠졌던 것이다.

　　이렇게 시간을 낭비해도 될까, 하는 생각이 들기는 든

다. 하지만 이내 그래도 된다, 는 결론을 내리고야 만다. 밥 차려줘야 할 남편 있는 거 아니니까. 기저귀 갈아줘야 할 자식 있는 거 아니니까. 하루에 한 번씩 안부 전화 드려야 할 시부모 있는 거 아니니까. 만나 달라고 사정사정하는 남자 있는 거 아니니까. 남들이 시간을 쪼개어가며 이 모든 일을 해내는 동안 나는 아무것도 할 일이 없으니까. 남아도는 시간에 그깟 인터넷 쇼핑 좀 하면 어때. 아무리 해도 반나절도 채 지나지 않는 걸 무어.

이렇게 시간을 펑펑 쓴 다음 남는 시간에 일을 한다. 일이 많지도 않다. 일이 밀려들어 오는 것도 아니고 가끔 그렇게 들어와도 할 수 있는 만큼만 받기 때문에 나는 늘 한가하다. 일을 바쁘게 하지 않으니 돈을 많이 벌지도 못한다. 그럼 또 어때. 내 까짓 게 빤스나 기저귀를 사줘야 할 남편이나 자식이 있는 것도 아니고, 때맞춰 선물 사다 바쳐야 할 시부모가 있는 것도 아니고, 이쁜 옷 사 입고 잘 보여야 할 남자가 있는 것도 아닌데 무어.

살고 싶은 동네에 살지 못한다는 게 나의 유일한 욕구

불만이다. 그러나 그건 부모를 잘 만나지 않는 이상 현생에서는 불가능에 가까운 일이라 할 수 있겠다. 쌔가 빠지게 일해봤자 어차피 광화문에 집을 살 수 없으므로 그냥 설렁설렁 일하며 살란다. 가슴 한편에 이루지 못할 꿈을 가지고 사는 것도 그럴싸한 일이잖어. 그나저나 아까 본 그 원피스 이쁘더라. 좀 비싼데 살까, 말까, 살까, 말까, 말까, 살까, 살까, 말까. 인생 최대의 고민.

복숭아

　　작년 여름, 길을 걷다 복숭아 향기가 나서 잠시 걸음
을 멈췄다. 과일 가게에서 복숭아를 내놓고 팔고 있었다.
한 박스에 얼마였는지 정확히 기억나지는 않지만 '이건 사
야만 해!' 하고 속으로 외칠 만큼 저렴한 가격이었다. 그러
나 그 무거운 걸 들고 갈 수도 없거니와 이미 집에 사다 놓
은 복숭아가 물러가는 중이었기에 입맛을 쩝 다시며 다시
길을 걸었다. 그때 등 뒤에서 한 남자의 목소리가 들렸다.

　　"진이 엄마, 우리 복숭아 사자."

　　성가심이 뚝뚝 떨어지는 여자의 목소리가 이어졌다.

"복숭아는 무슨 복숭아야. 됐어. 비싸."

여자는 빠른 걸음으로 나를 앞질러 걸어갔다.

여자의 오른손에는 대파가 삐져나온 장바구니가, 왼손에는 대여섯 살 정도 먹은 남자아이의 조막손이 쥐어져 있었다.

"내가 복숭아 얼마나 좋아하는지 알잖아!"

난데없는 고함에 뒤를 돌아보았다.

얼굴이 벌게진 남자가 과일 가게 앞에 선 채, 멀어져 가는 부인의 뒷모습을 바라보고 있었다.

"사자고, 복숭아!"

받아 주는 이 없는 남자의 외침이 여름 하늘 위로 흩어졌다.

집에 돌아와 복숭아 껍질을 벗기며 생각했다.

결혼이 다 무어야.
복숭아 하나 내 마음대로 못 먹고.

애기 엉덩이 같은 복숭아를 한입 크게 베어 물었다.
끈끈한 복숭아즙이 턱을 타고 목으로 흘러내렸다.
달다, 달아.

나이 먹고 하지 말아야 할 행동

   나보다 나이 많은 사람들의 좋아 보이지 않는 모습을 기억해 둔다. 나이를 먹어가며 그 사람들처럼 되는 것을 피하기 위함이다. 예를 들자면

   √ 지하철에서 사람 밀치지 않기
   √ 공공장소에서 너무 큰 목소리로 얘기하지 않기
   √ 나이 어린 사람에게 함부로 반말하지 않기
   √ 잘 씻고 다니기
   √ 깨끗한 옷 입고 다니기

✓ 입 닫고 지갑 열기

✓ 나이 먹는 게 서럽다고 징징거리지 않기

✓ 젊은 척하지 않고 나이대로 살기

✓ 아무나 붙잡고 신세 한탄 하지 않기

✓ 쉽게 발끈하지 않기

✓ 남 탓하지 않기, 등이 있다.

며칠 전에는 언니의 모습을 보고 한 가지를 더 추가했다.

✓ 길에서 남자가 전화번호 물어봐도 들뜨지 않기

언니가 버스정류장에서 웬 남자를 마주쳤는데 첫눈에 반했다며 집 앞까지 쫓아왔다는 것이다. 결혼 십 년 차 유부녀에게 나름대로 신선한 경험일지는 모르겠으나 같은 얘기를 열여섯 번 반복하는 언니가 칠푼이처럼 보이는 것은 부인할 수 없는 사실이었다.

언니에게 '나이 먹고 절대 하지 말아야 할 행동'에 '남

자가 전화번호 물어봐도 들뜨지 않기'가 추가되었다고 말
하자 언니가 대답했다.

　　"나도 하나 추가됐어. 너처럼 싫어하는 거 너무
　많이 만들지 않기."

　뭐야, 재수 없지만 일리 있는데?

엉덩이 체력

어느새 삼십 대 중반이 되었다. 원체 비리비리하게 태어나긴 했지만 그동안은 어찌어찌 젊음으로 버무리며 버텨왔다. 그러나 이제는 아닌가 보다. 하룻밤을 새우면 여기가 아프고 이틀 밤을 새우면 저기가 아프다. 요 며칠 무리했더니만 어김없이 몸져누웠다. 곡소리를 내며 침대에 자빠져 있으니 언니가 공진단을 내밀었다.

"이거라도 먹어."

먹으나 마나인 것 같기는 하지만 안 먹는 것보다는 낫겠지 싶어 오만상을 쓰며 씹어 삼키고 어금니에 낀 찌꺼기까지 물로 헹궈 마셨다. 입안에서 할머니 냄새가 났다.

스물대여섯 살 무렵, 글을 쓰고 싶은데 아무도 일거리를 주지 않아서 매일매일 열폭에 절어 살던 때에, 기성 작가들의 인터뷰를 무척이나 많이 읽었다. 그들은 입을 모아 말했다.

"글을 쓰려면 체력이 좋아야 해요."

이게 웬 개소리야. 가만히 앉아서 글 쓰는 게 뭐가 힘들어. 난 일거리만 주면 먹지도 않고 싸지도 않고 글만 쓸수도 있겠다. 배때지가 부를 대로 부른 인간들이라고 생각했다. 체력 관리를 위해 달리기를 하거나 발레 학원에 간다는 말도 꼴같잖다고 생각했다. 정말 그랬다.

하지만 그들의 말은 거짓이 아니었다. 요즘의 난 카페에 앉아 있는 것만으로도 기운이 쭉쭉 빠진다. 일을 하지 않고 멍 때리기만 하는 데도 그렇다. 형부 가게 알바생들이 평소와 다름없이 나에게 말을 걸고, 장난을 치고, 맛있는 걸 사달라고 조르는데, 몸이 힘드니 이 모든 게 다 성가시기만 하다. 나 조용히 커피 좀 마시면 안 될까? 내가 네 친구야? 나한테 돈이라도 맡겨 놨어? 하는 쪼잔한 소리가 턱 끝까지 차오르지만 꾹 참고 빵 한 봉다리를 사다가 던져주고는 집에 와버린다. 나이를 먹을수록 입 닫고 지갑 열라는 말을, 고작 서른넷에 실현하게 될 줄은 꿈에도 몰랐다.

이대로는 안 되겠다. 건강한 육체와 건강한 정신을 위해 무엇이라도 해야겠다. 하지만 달리기나 발레, 필라테스나 크로스핏 같은 거창한 운동이 나와 어울리지 않는다는 건 누구보다도 내가 잘 안다. 내 평생 유일하게 해온 운동은 걷기다. 그것도 아주아주 오래오래 걷기. 다시 걸어보려 한다. 예전처럼 아주 오래 걷지는 못할지라도. 하루에 단 삼십 분 만이라도. 걷는다고 해서 없던 활력이 생기고 비실한 몸이 장사가 되지는 않겠지만 누워있는 것보다야 낫겠지. 가늘고 길게 살고 싶다. 백오십두 살까지 무병장수하면서 많은 걸 만들어내고 싶다. 기네스 협회에서 세상에서 가장 장수한 작가, 라는 명목으로 나를 인터뷰하러 와서 글쓰기에서 가장 중요한 게 뭐냐고 묻는다면 이 다 빠진 잇몸을

오물거리며 "뭐니 뭐니 해도 체력이라우~"라고 대답하고
싶다.

효도란 무엇인가

아버지가 콧바람 쏘이러 월남으로 훌쩍 떠나신 덕에 자유부인이 된 모친이 서울에 상경하셨습니다. 어머니와 무얼하며 시간을 보낼까 궁리하던 저는,

"옳티! 일전에 혼자서 재미지게 관람했던 '미스타 쑈'를 뵈드림 되겠구나! 가부장적인 아버지의 그늘 아래서 일평생 살아온 어머니에게 다른 남성의 나체를 탐닉할 권리쯤은 있지 않겠어? 암, 그렇고말고!"

부라자 끈을 탁 치며 꺄르륵 웃었습니다.

"엄마! 엄마! 서울까지 오신 김에 나랑 효도 공연 관람이나 가실라우?"

내가 묻자 우리 어머니 고개를 갸웃하며 "무에? 효오도 공여어언? 대관절 무신 공연이기에 공연 앞에 효돗자가 다 붙는단 말이냐그래?" 하고 되물으셨습니다.

"청년들이 서양식으루 홀딱 벗구 흔들어 제끼구 뭐 그른거. 효도가 따루 있수? 그게 효도지."

나의 대답을 들은 어머니는 돌연 얼굴을 일그러트리며 "에그, 에으으, 그런 망측한 걸 왜 돈을 주고 본다니?" 싫은 티를 내다가 "가자, 응? 가자니까" 하는 나의 응석에 못 이기는 척 "흥, 그래. 어디 얼마나 대단한지 함 가 보자!" 하며 누비옷을 꿰어 입었습니다.

공연 내용은 말해 뭐 한답니까. 이이쁜 청년들이 갖은 교태를 부리며 드로우즈를 올렸다 내렸다 하는 게 전부인걸요, 뭐. 관람을 마치고 공연장 밖으로 나온 어머니가 "주제도 읎고, 스토리도 읎고, 박칼린이는 이런 공연을 대체 뭘 하러 만든 거래니?" 하며 툴툴거리기에 나는 "아니 이보시오, 어머니. 남정네가 빤쓰 벗는데 스토리가 무신 연유로 필요해? 엉덩이 흔드는데 주제가 다 무에야? 그걸로 됐고, 그거면 고마운 거지. 감사하구" 하고 팍 쏴붙였습니다.

어머니는 그런 나를 뱁새눈으로 흘겨보며 "에으, 별나. 하여튼 유별나!" 하며 고개를 절레절레 흔들었지만 나는 몽땅 다 봤습니다. 자라처럼 목을 쭈욱 빼고서 미스타들의 빤스를 훑어보던 어머니의 모습을 말입니다. '미스타 쑈'의 진행자는 이런 명언을 남겼다지요.

"어머님들, 뭐 하러 단풍놀이를 가셔요. 여기 미스터들의 알록달록한 팬티가 단풍보다 더 아름다운데요. 그죠?"

증말 맞는 말입니다. 옳은 말씀예요. 이것이 효도 공연 아니면 도대체 무어가 효도 공연이란 말입니까?